CHARADE BUNKO

Illustration

二駒レイム

CONTENTS

プロローグ

「ミシェル王子、どうか私の后になってほしい」

目の前の美しくも雄々しい王子は、ミシェルの前に恭しくひざまずいた。

金の輪っかが嵌まった白い被りものに映える褐色の肌、肩まで縮れた黒い髪、漆黒の瞳。白い緩やかな衣装を纏っていても、アルファだということがわかる立派な体軀。王者だけが発することのできる、その場にひれ伏さずにはいられないオーラ。彼——遠い砂漠の国サラディーンからやってきたカイル王子の魅力は、八歳のミシェルにも十分に伝わった。

なんて素敵な王子さまなんだろう。本で見たライオンみたい……。見つめられて、ミシェルの胸はどきどきしている。

「あの……きいてもいいですか?」

カイル王子に圧倒されながらもミシェルはおずおずと訊ねた。周りにいる父王と母、そして姉姫たちから微妙な空気が漂ってきているが、幼いミシェルにはわからない。ただ、目の前の王子しか見えていなかった。

「なんなりと。ミシェル王子」

カイル王子は大人に対するように、敬意をもって答えてくれた。

「きさきってなんですか？」

ミシェルは青い澄んだ目で王子に訊ねた。彼の鷹を思わせるような鋭い眼光がふっと優しく緩む。

「私の花嫁ということだ」

「ぼくはカイルさまのはなよめになるのですか？」

「そうだ。そなたが大人になるまで待つことを、我が太陽神アイウスと共に、ハーランドの神々に誓おう」

「おとなになるまで？」

ミシェルは金髪の頭を傾げて訊ねた。カイル王子は優しく、そして、それはそれは甘く微笑む。その甘さの意味などまだ知らないはずなのに、ミシェルは胸がきゅんと疼くのを感じた。

「今でも攫って帰りたいくらいだが、さすがにまだ結婚はできぬからな」

恋も結婚もよくわからない年齢だ。今日はただ、砂漠の国の王子が花嫁を選びに訪れるので、姉姫たちと同席するように言われただけだった。

十四歳の少年の妖艶な笑みが、八歳の子どもをも打ち抜く。そんなふうに言われて、ミシェルは胸の疼きだけでなく、頭がぼうっと熱を帯びるのを感じた。だがそのすべてに耐えながらミシェルは一生懸命に答えた。そうさせたのはなんだったのか。

「はい、ぼくはおとなになったら、カイルさまのはなよめになります」

カイル王子は満足そうに、そして力強くうなずく。

——ミシェルは、男ながらに子を孕むことができるオメガだった。


北は北極圏まで、南は赤道を越えて海に面する広大なサウザー大陸を、二つの大国が統治している。北を治めるのは豊かな森林と湖を有するハーランド王国。南を治めるのは、砂漠のオアシスに築かれたサラディーン王国。ハーランドは質実剛健をよしとし、サラディーンは太陽神アイウスを崇める、華やかで豊かな国だ。

性質の違う二つの国は、争うことよりも交易を大切にしてきた。ハーランドからは森林資源や紙、動物の毛皮を、サラディーンからは豊富な鉱物や燃料資源、香料などを。だが、遠い二国を行き来することは、厳しい自然や野生の獣たちを相手にせねばならず、まさに命がけだった。特に、砂漠を馬で駆けられないことは大きな問題だった。徒歩やラクダで渡るか、迂回するしかなかったのだ。

ぜひとも安全で、最短な貿易の道を拓かねばならぬ。

それは長年、両国の悲願だった。それが実現したのだ。両国で技術や人材、資金などを出し合い、時をかけて北のハーランドと南のサラディーンの都市を結ぶ交易の道が完成した。砂漠を馬で駆けられる道を築いたのだ。両国はさらなる友好の証として婚姻関係を結ぶことを決め、サラディーンの王子とハーランドの姫たちが会うことになった。サラディーンのカイル王子は十四歳、ハーランドの三人の姫たちは十三歳から十五歳。皆が適齢期であり、この機会を逃してはならないと計画が急がれた。

順当にいけば、カイル王子の相手は十五歳の長女だっただろう。アルファ同士、理想的な組み合わせだと思われた。だが、カイル王子は言った。

『いや、もうひとりいるではありませんか』

そうして彼が選んだのは、その場に同席していた、八歳になったばかりの末弟の王子だった。

ミシェルは男性オメガだが、まだ婚姻には幼すぎるとして、ハーランドから送られた文書にもその名は花嫁候補として載っていなかった。カイル王子はミシェルがオメガであることをひと目で見抜いたのだ。

1

「一段と暑くなってきた」

ミシェルは空気を入れ換えるために開け放された馬車の窓から、暑さで陽炎(かげろう)が揺らめき立つ外の様子をうかがい見た。

サラディーンのカイル王子に見初められて十年、十八歳になったミシェルは、彼に嫁ぐために砂漠の王国へ向けて旅の途中だった。交易の道を使い、最短の行程を取っているとはいえ、馬車で半月はかかる道のりだ。すでにサラディーン国内の砂漠地帯には入っており、オアシスにある王都まであと二日くらいだと、側近のハリスが言っていた。

馬のいななきがして、ミシェルの乗る馬車を中心とした隊列が止まる。馬を休憩させる時間だ。この暑さに、馬たちも水を欲しがっていることだろう。御者たちも大丈夫だろうか。ふう、とミシェルは息をついた。

年中過ごしやすかった国から、灼熱(しゃくねつ)の砂漠の国へ。慣れない長旅の疲れもあり、故郷から遠ざかるごとに体調が思わしくない。今日も熱っぽさで、背中まで伸びた金色の髪が汗ばんだ首筋にまとわりついている。

(カイルさまにお会いするまでに元気にならなくちゃ)

彼を思うと、ミシェルの青白い頬はさっと赤くなる。早くお会いしたい。ミシェルの心の中は、時間をかけて育んできたカイルへの恋心でいっぱいだった。

――ぼくは、カイルさまのはなよめになります――

そう答えた幼い日から十年。思い起こせば様々なことがあった。

当時、カイルの選択とミシェルの答えに、両国は上を下への大騒ぎになった。

この世界に存在する男女それぞれのもうひとつの性別、アルファ、ベータ、オメガ。特に男性オメガには、男ながらにアルファの子を孕めるオメガと、ごく稀(まれ)に、その逆で孕むことのできない『孕まずのオメガ』がいる、不安定な性だと言われていた。さらに当時ミシェルはまだ八歳、男性オメガが発情、いわゆるヒートを迎えるのは女性よりも数年遅く、十七〜十八歳頃なので、婚儀を十年ほど待たねばならない。両国共に、オメガはヒートを迎えねば結婚できないという慣例があり、しきたりを破ることはできない。

だがそれでは、互いの国の血を混ぜて友好関係を確かなものにしようという、この政略結婚が成り立たないではないか！　長すぎる婚約期間が、交易道の存続と共有を危うくしてしまったら元も子もない。

『それは、私と父上と、ハーランド王が力を合わせ、為(な)すべきことを為せばよいだけのこと』

紛糾する重臣や父王を前に、十四歳のカイルはそう言って悠然と笑ったのだという。その話を聞いて、ミシェルはただただカイルを、そして彼に選ばれた自分を誇らしく思った。ミシェルはとうに、雄々しく美しい砂漠の王子に魅せられていたのだった。

一方、それならばいっそ、ミシェル王子を子どものうちからサラディーンに住まわせてはどうかという話が出た時は、

『こんなに純真な花を無下に摘み取ってしまうようなことがあれば、私は太陽神アイウスに罰せられるだろう』

カイルはそう答えたという。今ならわかる、それが何を意味するのかを。

（僕はもう、身も心も大人になった。いつ、カイルさまに摘み取られてもいいんだ）

ミシェルの頬はまた赤く染まる。そこへ、ミシェルの馬車を御していたハリスが馬車に乗り込んできた。

「ハリス、水は飲んだ？　荷馬車の御者たちにも水をたっぷりとね。馬たちももちろん」

「ミシェルさま！」

頬が赤らんだままのミシェルを見て、ハリスは声を上げる。

「御者や馬よりも、ご自分の心配をしてください。まだ熱が引かないのですから、横になっていてくださいとあれほど申し上げたではないですか。王都までもうすぐですし、一旦、旅を中断した方がいいのではないかと医者も言っております」

ミシェルは大慌てで手をぶんぶんと振る。旅を止めたら、その分カイルに会えるのが遅くなってしまう。

「大丈夫だよ。風に当たったら少し気分がよくなったんだ。それに頬が赤いのは……」

「カイル陛下のことを考えておられたのでしょう？」

ハリスの口調は皮肉っぽい。彼とミシェルは乳兄弟で、赤ん坊の頃から一緒にいてくれる、頼りになる側近だ。ミシェルの信頼は言うまでもなく、幼なじみでもあるので家臣といえど二人の距離は近い。だからこんな口調も許されている。だが――。

ハリスはこの結婚には反対なのだ。彼はずっと主張している。

「あんなに遠い国へ嫁ぐなど私は今でも賛成できません。気候も風土も文化も違いすぎます。ミシェルさまのお好きな花々も咲きません。せっかく、バラを育てる名手であられるのに……。そもそも、姉君たちは豊かなサラディーンに嫁ぎたがっていらしたのに、何も男であるあなたが行く必要はないではありませんか」

「サラディーンにも『砂漠のバラ』って呼ばれる可愛い花が咲くそうだよ」

「バラの話をしているのではありません」

ハリスがきっぱりと言い、ミシェルはこれまで何度も繰り返されてきた会話を回避できなかったことを知る。

「姉さまたちには申しわけなかったけれど、僕だって子を孕むことができるんだから」

「それはそうですけれども……」

男性オメガは、アルファの男と一度の性交でほぼ孕み、その多くはアルファの男児を産むという。だが一方で、子が子宮の中で育ちにくく、孕んだ身体にも相当の負担がかかるらしい。だからこそ普通に女性を選べばいいじゃないですか――というのがハリスの意見だ。

「環境には徐々に慣れていくよ。友好の証としての立場も大切だけれど、何よりも僕がカイルさまに娶られたいんだ。知らない国でいろいろ大変なのは承知の上だけど、カイルさまが守ると言ってくださっているから、何も怖くない」

「そうですね。この遠い距離を、あなたに会うために何度もひとりで馬を飛ばしてこられたのですからね。アルファとオメガの燃え上がる恋は、ベータの私には到底わかりかねます」

きつい言葉で答えながらも、ハリスが自分の身を心から案じてくれていることをミシェルはよくわかっていた。

「愛しいカイル陛下に元気にお会いするためにも今は養生が必要です。旅の継続について相談してきますから、とにかく横になってください。今、冷たい飲みものを用意します」

わかったよ、と苦笑しながらミシェルは馬車の中にしつらえられた寝床に横になる。目を閉じると浮かんでくるのは、カイルの笑顔だ。

(本当に太陽みたいに明るく神々しく、それでいて優しく微笑まれるんだ。目を細めて……あのお顔が大好きなんだ。褐色の肌に漆黒の瞳も素敵で)

ハリスが言うように、長い婚約期間の間、カイルは供も連れず馬を飛ばしてミシェルに何度も会いに来た。十年の間に、彼は王子から王になっていたが、ミシェルへの思いを変わらず貫き続けていた。

もちろんミシェルも。

会うたびにカイルは男らしさを増し、ミシェルも愛らしさはそのままに、涼やかな美しい青年へと成長していった。その間、二人はキスさえもせずに、互いへの尊敬と愛情を育て、清らかな関係を続けてきた。カイルはミシェルがヒートを迎え、大人になるのを待っていてくれたのだ。周囲は、二人だけにして大丈夫なのか、不遜で豪胆な砂漠の王に我が王子は手を出されてしまうのではないか、などと心配していたが、カイルは実に紳士的だった。真綿に包むように大切に大切に……と言った方がいいだろう。

ヒートがこなければ結婚できない。オメガにとって結婚とは、アルファに抱かれて番になることを意味する。抱かれて……あの腕に、胸に抱きしめられたら、僕は壊れてしまうかもしれない。

奥手な王子といえど、嫁ぐのだからそれなりの教育を受けた。サラディーンは一夫多妻制で、後宮制度についても教えられた。だが、カイルはミシェル以外に妻を迎えるつもりはないと言ってくれたし、カイルと早くそうなりたいと、ミシェルはヒートを待ち望んでいた。

そうして迎えたヒートは予想していたよりも淫らで、自分から発せられる甘い香りにむせ返りそうになるほど辛いものだった。だが、辛いのはひとりで耐えるからであって、鎮めてくれるアルファがいれば、多幸感と共に身体の快感で天にも昇る心地になるという。

（カイルさま……っ）

ミシェルは心の中でカイルを呼びながら、薬の力も借りて初めてのヒートを乗り切った。そして、心だけでなく身体も愛されたいという、胸をかきむしるほどの欲情を知った。ミシェルは大人になったのだ。

——カイルさま、僕は大人になりました——。

頬を染めて告げた時、カイルは黒い目を瞠り、ミシェルを抱きしめてくれた。初めて彼の胸に抱かれて、彼の言葉にならない思いが流れ込んでくるような気がした。喜び、驚き、あふれんばかりの愛情。カイルはただ「ミシェル、私のミシェル」と感極まったように名を呼んで、そしてくちづけてくれたのだ。

甘く、柔らかく触れてくるカイルの唇を、ミシェルは夢中で受け止めていた。

『このキスを、私は十年待った』

いつもきりりと眼光鋭いカイルは、目を細めると相手を慈しむような優しい表情になる。そのまなざしに包まれながら、ミシェルは夢見心地で答えた。

『長い間、待っていただいてごめんなさい……』

僕はあなたのものです。思いを込めてミシェルはカイルを見上げた。

『もう待てぬぞ』

カイルは不敵に笑ってミシェルの額にキスをし、そして有言実行に移した。あっという間に婚礼の話は進み、ミシェルは今こうして、カイルの待つサラディーンへ向かっている。

詳しいことは知らされていないが、婚礼にかかる費用のほとんどをサラディーン側が用立てたと聞いている。ハーランド王家への豪華な贈り物や豪奢な婚礼支度に対し、王族といえど決して贅沢することなく、華美はよくないこととして暮らしてきたハーランド王は、予想以上のサラディーンの贅沢ぶりに眉をひそめずにはいられなかった。だが『我が国の、私の心として受け取っていただきたい』と、王直々に言われれば言い返すことはできない。

『サラディーンでは、王は太陽神だと崇められているからな。神に背くわけにもいくまい』

そもそもこれは友好を深めるための政略結婚なのだから。ハーランド王はそう言って、サラディーンが欲する紙や木材、毛皮など、上質なものをできるだけ持たせ、ミシェルを送り出したのだった。

（本当に、いろいろあったな……）

ミシェルが回想していると、やはり一旦、旅を止めることになったとハリスが報告に来た。

「そんな！　あともう少しなのに！」

「ミシェルさまの体調のためなのです。サラディーンには早馬で書を出しておきますので」

ハリスは淡々と告げる。ミシェルは気落ちして、泣けてきてしまった。

（カイルさまにお会いできる時が遠のいてしまった……早くお会いしたいのに。僕が元気

なら馬車を飛び出して、馬で駆けていくのに）

――あなたのところまで。

乗馬や剣の扱いは、王子教育の一環として受けてきた。乗馬は得意だ。ミシェルは唇を嚙む。そうしたら、カイルさまは驚いて、笑ってくださるだろうか。あの時のように抱きしめてキスしてくださるだろうか。そして、初夜……は悦んでくださるだろうか。そうしたら僕は……。

「何者だ！」

ミシェルの感傷は、緊張を孕んだ叫び声で打ち消された。馬が激しくいななき、カッとひづめの音が響く。

「賊か！　出会えー！」

隊長の声に続いて、ざっざっと警護隊が集まる気配がし、続いてキィーン……！　と剣が打ち合う音が聞こえた。

（な、なに？）

ミシェルは起き上がり馬車の外を覗こうとした、その時だ。

「この顔を知らぬとは、おまえたちはそれでもハーランド王宮の者か？」

高らかな声が響き渡り、周りの空気までもがぴん！　と張り詰める。その不敵な声はもちろん馬車の中のミシェルにも届いた。

「カイルさま！」

まさか、どうしてここにカイルさまが……。ミシェルは馬車の外に出ようとしたが、慌てすぎたためか、がちゃがちゃいうばかりで、扉が上手く開かない。一方、馬車の外で天にも届けと剣を突き上げているのは、かの人だった。ミシェルは風取りの窓から顔を出す。

「我こそはハーランド王国ミシェル王子の婚約者、サラディーン王国の王、カイル・ジャイール・サラディーン。我が花嫁を迎えに参った！」

風にはためく白いカンドゥーラ。ゴドラにあしらわれた金の輪が太陽に反射して煌めく。まるで、白い鷹が舞い降りてきたようだ。横顔しか見えないが、ミシェルは懸命に「カイルさま、カイルさま！」と、小さな窓から呼びかけた。

「カイル陛下、なぜにこのような！　どうかお待ちください！」

ハリスが止める声も介せず、カイルは「ここか」と馬を下りて馬車の前に立った。ミシェルは声を振り絞る。

「カイルさま！　ここです！　ここにいます！」

「ミシェル！」

今、そこにおられるんだ。そうして、やっと扉が開いた。勢いよく馬車の扉を押し開けたミシェルは、次の瞬間、カイルに抱き上げられていた。

「このようなお振る舞い、許されません！」

憤るハリスをちらりと見て、カイルは再度、皆に言い放った。

「花嫁を待ちきれぬゆえ、先にもらっていく」

「カ、カイルさま……！」

彼の逞しい腕に抱かれて、ミシェルは嬉しさと戸惑いとで、感情が大きく揺れていた。

だが、それは喜びへと傾いていく。たとえ、思いもしなかった事態のさなかにあったとしても。

カイルはハーランドの皆が見ているなか、ミシェルを抱きかかえたまま軽々と馬に跨がる。これが砂漠の王の力だろうか。圧倒的な王者のオーラに、誰もが、ハリスさえもひれ伏していた。

「行くぞ！」

「はい」

カイルは馬に鞭を入れ、王都を目指して駆けていく。

「お、お待ちくださいっ！」

我に返ったハリスがそのあとを馬で追う。だが、ハリスの声はだんだん遠ざかっていった。馬を走らせる速さが圧倒的に違うのだ。

「怖くはないか？」

「いいえ、いいえ、カイルさまがしっかりと抱き留めてくださっているから」

そう言って、ミシェルはカイルの広くて厚い胸に縋るように寄り添った。本当にカイルさまなんだ。今、僕を腕に抱いてくださっている……！

「会いたかった。ミシェル……待ちきれなくてこのような行為に及んでしまった」

「いいえ、早くお会いできて嬉しいです。僕も、馬を飛ばそうかと思っていたところでした」

微笑んだカイルは手綱を片手で握り、もう片方の手でミシェルの顎を掬い上げた。顔が近づく……ミシェルはそっと目を閉じた。

唇に触れる熱いものがだんだん、もっと熱を帯びてミシェルの唇を吸う。舌で唇をこじ開けられたかと思うと、肉厚な舌が唇の中に忍び込んできた。

「カイ……ル、さま……んっ」

「なんと可愛い唇だ……食べてしまいたいくらいだ」

繰り出される甘い言葉と、本当に食べられてしまいそうなキスに、唇ごととろけてしまいそうだ。初めてのキスとは全然違う。目眩を起こしそうになりながら、それなのにミシェルはどうでもいいようなことを問いかけてしまう。

「うま、は……」

馬上でこんなに激しいキスをしながら、どうやって馬を御しているのか。そう聞きたかったのだ。

「大丈夫だ。私たちの雰囲気を察して、足並みを緩やかにしている」

「あ、よかった……ん……っ」

「私よりも馬を心配するとは許しがたい」

カイルの口調は冗談を含んでいた。どのようなお顔をされているのだろう。薄く目を開けると、そこにはまさに喜びに顔を輝かせたカイルがいた。勇ましいだけでなく、太陽のようなその笑顔が愛しい。彼の唇がしっとり濡れているのは自分の唇のせいなのだと思うと、ミシェルは血が沸き立つほどに恥ずかしくなった。胸の鼓動も高まっている。……が、カイルははっとした顔で、眉根を険しくした。

「ミシェル、おまえ熱があるのではないか？」

見つめられる視線の熱さに抗えず、ミシェルは正直に答えた。

「はい……でも、大丈夫です。少々、旅の疲れが出ていましたけれど、半分以上はカイルさまにお会いできたための熱ですから」

「なんと可愛いことを言うのだ。だが心配だ。馬上でゆっくりとおまえとの時を楽しもうと思っていたが、これから一気に砂漠を駆け抜けよう。砂漠は昼と夜との気温差が激しい。日が暮れぬうちにジャンメール宮に到着できるように」

「はい、わかりました」

「西方神話の天使のように笑うのだな、おまえは……」

感極まったように、カイルはミシェルの額にくちづけた。唇ではなく――。

(あ……)

キスされたのが唇ではなかったことに、ミシェルは物足りなさを覚えていた。先ほどのように唇にキスしてほしい。唇にキスされると、愛されていると感じるのだ。でもきっと、熱があるのだからと控えてくださったのだ……。

サラディーン王と、攫われた花嫁を乗せた馬は「交易の道」を王宮へと駆け続けた。ハリスはどうしただろう？ あのまま自分たちを追って馬を駆けさせているのだろうか……。

馬が駆ける振動が心地よく、何よりもカイルの胸に抱かれている安心感で、ミシェルはうとうとし始めた。

「眠くなったら、そのまま眠ればよい」

手綱を握りながら、カイルが囁く。

「はい、ありがとうございます……」

答えながら、ミシェルのまぶたは落ちていく。

そうして、カイルは低い声で歌を口ずさみ始めた。聞いたことのない不思議な音階……ミシェルはその歌に身を委ねる。サラディーンの、歌、なのかな……。向こうで揺れている花はなんていうんだろう。砂漠の国の花も、たくさん……見たいな……。

ミシェルが覚えているのはそこまでだった。カイルに抱かれ、ミシェルは深く心地よい眠りへといざなわれていった。

＊＊＊

ミシェルが目を覚ました時、陽は砂漠に沈みかけていた。

「よく眠れたか？　王都まではもうすぐだ」

「眠ってしまってすみません……うわっ！」

鋭い爪とくちばしの大きな鷹が、二人のすぐ頭上にいた。驚いたミシェルを、カイルはさっと抱き寄せる。

「驚くことはない。あれは私の鷹だ。アジャ！」

カイルが呼ぶと、アジャと呼ばれた鷹はカイルの肩に舞い降りた。カイルの肩には厚い革が巻いてあり、こうして鷹を留まらせるものなのだと知る。

「アジャ、彼は私の花嫁になるミシェルだ。よろしく頼む」

まるで相棒と話すように呼びかける。カイルは片手で器用に馬を御しながら、腰に下げていた革の小袋から餌を与えた。

「獰猛に見えるかもしれないが、アジャは私が雛の頃から訓練して躾けた賢いやつだ。おまえを無事に預かっていることをハーランドの隊に知らせたから、それで舞い戻ってきたのだ」

「そうだったのですね。鷹をこんなに間近で見たことがなかったので驚きました。僕はミシェルだよ。よろしくね、アジャ」

こくんと頭を下げると、アジャは「グゥ」と鳴き、カイルは声を上げて笑った。

「なんと可愛いことを」

「あっ、あの、自己紹介したのですが、おかしかったでしょうか……？」

「いや、そういうところが可愛いのだ。今までアジャに出会って自己紹介してくれたのはおまえが初めてだ」

戯れる二人をアジャが見守っている。それすらも恥ずかしい。だが、前髪を掬い上げられ、顔が近づいてきて期待したキスは、唇ではなく額に落ちた。先ほどと同じだ。そして、やはりミシェルはそのことをもの足りなく、淋しく思ってしまう。

（こんなにカイルさまのキスが欲しいなんて、僕は変なのだろうか。オメガが恋すると、こんなふうにアルファのことばかり考えるようになるんだろうか）

ミシェルは真面目に考える。恋の準備期間は十分すぎるほどだったのに、今、なんの余裕もない。思うのは、もっと触れてほしい。キスしてほしい。そればかりだ。

カイルさまに訊ねれば教えてくださるかな……だが、考えただけで顔から火が出そうだった。

「頬が赤いぞ。また熱が上がってきたのでは」

「だ、大丈夫です。これは……」

「これは？」

カイルは真面目な顔で追求してくる。ああもう……！　ミシェルはこう言うしかなかった。

「カイルさまのことを考えていたから……です……」

漆黒の目が見開かれ、そして細められたかと思うと、手綱を握らない腕で、緩く抱きしめられた。

「あまり私を困らせないでくれ……」

(困る?)

今、怒った顔ではなかった。こうして抱きしめてくださっているけれど、僕がカイルさまのことを思うのは、カイルさまを困らせることになる?

カイルの言葉の意味がわからず、ミシェルは愕然(がくぜん)としていた。どういうこと？　でも、返事をせねば。

「は、はい」

「いい子だ」

駄々っ子をあやすように、ミシェルは金色の髪を撫(な)でられたのだった。

2

言った通りにカイルはものすごい速さで砂漠を駆け抜け、陽が沈む頃にはオアシスに拓かれた王都ガラジャンに着いた。

赤、黄色、青、緑——鮮やかな色の、不思議な形の屋根を掲げる建物は円筒形をしており、まるで置物のようだ。サラディーンに関する書に描かれていた通りだが、実際は、石が敷き詰められた道はもっと広い。建物が建ち並ぶ通りは、灯りが掲げられて黄昏時だというのに、とても明るく人も多い。

「賑やかだろう?」

「はい。驚きました。今日はお祭りか何かですか?」

「いや、いつもこんな感じなのだ。我が国の民は皆、活気があり、陽気だ。王として喜ばしく思っている」

テントを張った市場には様々な色の野菜、果物が並び、見せものの小屋らしき前には人だかりができている。こんなに人が集まっているのを、ミシェルは初めて見た。

「サルーシャ!」

声が聞こえたかと思うと、陽気に踊り、歌い出す人々もいる。音楽が奏でられる。ハーランドでは夏至の日が祭りで無礼講が許されていたが、それでもこんなに賑やかではなかった。ミシェルはカイルの腕の中から街の様子を眺め、ほうっと息をつく。

「今のサルーシャというのは、乾杯という意味だ」

カイルが説明してくれる。ミシェルはその顔を見上げ、明るく答えた。

「はい、わかります。あの、カイルさま」

いつ言おうかと思っていたのだ。カイルはずっと、ハーランドの言葉で話してくれていた。だが、大丈夫なのだ。

「僕はサラディーンの言葉を学んできました。完璧とは言えないかもしれませんが、どうぞこれからはサラディーンの言葉でお話しください」

カイルは驚いたような顔をしたが、その表情はさっと笑顔へと変わる。

「それはすごい。だが、慣れない言葉は疲れるだろう。王宮にはハーランド語を解する者もいる。気にせずにこれまで通り話していてもよいのだぞ」

「いいえ、僕はサラディーンの者になるのですから」

その答えにカイルは唇をきゅっと嚙みしめ、きりっと上がった眉を緩ませた。そして、ミシェルをふわりと胸に抱き寄せる。

「おまえは本当に――」

本当に、なんだろう。だが、続くカイルの言葉は、高らかな男の声にかき消された。

「アイウス、サルーシャ（太陽神に乾杯）！」

「我らの王だ！」

「カイル陛下！」

たちまちそれはカイルを讃（たた）える声の渦になり、馬上の二人は、恭しく礼をする多くの民たちに取り囲まれた。

「皆の楽しみの時間を邪魔してすまぬ」

「とんでもございません。私どもがこうして浮かれていられるのも、カイル陛下あってのこと」

カイルは気軽な雰囲気で声をかけていたが、表情はミシェルに見せるものと違っていた。穏やかな口調であっても、きりりとしたまなじりに眼光は強く、上がった口角はとても高貴だ。いや、もちろん普段から高貴なのだが――。まるで彼の背に獅子（しし）が見えるようだった。

（これが、カイルさまの王としてのお顔なんだ）

「カイル陛下、万歳！」

「アイウス、サルーシャ！」

王を崇める声が飛び交う中、ミシェルは多くの視線を感じていた。「誰だろう？」という声も漏れ聞こえてくる。カイルはふふっと笑った。

「どうやら、皆、おまえのことが気になって仕方ないようだ」

「あ、あの……」

どうしたらいいんだろう。戸惑っていたら、カイルはミシェルを抱いていたカンドゥーラを大きく翻した。

「遠くハーランド王国より、我が花嫁を連れて参った！」

カイルの声は誇らしげで、目はきらきらと輝いていた。その表情に見惚れている場合ではないのに……ミシェルは慌ててサラディーン風の礼をした。

「ミシェルと申します。どうぞお見知りおきを」

わあっと上がる歓声。民たちは思い思いの言葉を口にする。

「では、両国の友好の証という……」

「なんと美しい方だ。金色の髪に青い瞳……！　初めて見た」

「花嫁……では、男オメガであられるのか？　おお、なんと神聖な」

「さすがは我らの王だ！」

賞賛は嬉しいが、ミシェルは圧倒されカイルに縋るように身体を寄せていた。その姿が健気（けなげ）に映ったのだろう。祝福の声が、また渦のように二人を包む。

「追って正式に知らせも出るだろう。皆の祝福を花嫁共々嬉しく思う。だが、ここは王宮へ帰る道を開けてくれぬか？　長旅で疲れた花嫁を早く休ませてやりたいのだ」

そのひと言で、人々がさっと二手に分かれる。その中を、カイルは堂々とミシェルを抱いたまま馬を進ませていった。皆は二人を誇らしげに見上げている。まるで凱旋(がいせん)のようだ。

「驚いたか？」

「は、はい」

「私は王宮に飽きると、こうして時々息抜きに街へ出かけるのだ。だから皆、私の顔をよく知っているというわけだ」

「そうして、民の様子をご覧になっておられるのですね」

カイルははっとした様子でミシェルを見る。もう先ほどの王としての顔でなく、ずっとミシェルに見せている穏やかな表情だった。

「おまえには敵(かな)わぬ……街の様子を見て得られることは多いからな。しかし皆、おまえの美しさに目を奪われていた」

「そ、それは僕の髪と目の色がめずらしいだけで」

慌てて答えると、急にカイルの目の色が変わった。有無を言わせぬような厳しささえ感じる雰囲気だ。

「ミシェル」

「……はい」

何かいけなかったのだろうかと、ミシェルはおずおずと答える。

「私が愛するおまえのことを否定するのは、たとえおまえ自身であろうと許さぬ」

カイルのまなざしに真摯な怒りが感じられた。そして、王者の威厳も。僕はカイルさまのお心を傷つけてしまった……？　サラディーンの王は太陽神アイウスの生まれ変わりだという意味が、心に深く刺さった。太陽神が愛するものを僕自身で否定してしまったのだ。

「申しわけありません……」

知らずミシェルは涙ぐんでいた。この国で謙遜は美徳ではないのだ。特に王に対しては。

「すまぬ。きつい言い方をしてしまった」

ミシェルの涙に気づき、カイルは口調を和らげた。

「だが、おまえは私が選び、長い時をかけて愛し続けてきた唯一無二の存在だ。それだけは忘れるな」

ミシェルはこくんとうなずく。威厳ある若き王の伴侶となるのに、子どもっぽい反応しかできない自分が情けなかった。

「泣くな」

カイルはミシェルの濡れた目元にキスをする。

「おまえのサラディーン語は完璧だった。私はとても誇り高かった」

「はい、本当にがんばったのです」

「それでいい」

謙遜せずに堂々と。自分の態度はカイルの誇りに関わることなのだ。カイルは白い歯を見せて笑ってくれた。

「もうひとつ伝えておこう」

カイルは話題を変え、大通りの角を曲がった。

「この国では、男オメガはとても神聖なものとされている。男でありながら命がけで番の子を孕み、命を産むその力が尊いのだと信じられている。太陽神、アイウスの教えだ」

「そうなのですか？」

カイルは力強くうなずく。

「だから、堂々としていればよい。おまえが美しいのは確かだし、民が私の伴侶としておまえを歓迎するのは大変喜ばしいことだ。おまえはサラディーンに幸をもたらす存在なのだ。王の幸は神の幸であり、民の幸せ。私がおまえを愛することがこの国の幸そのものなのだ」

見つめられ、ミシェルは頬を染める。それがミシェルの答えだった。

（では、男オメガである僕がカイルさまの御子を孕めば、皆がより幸せになれるんだ）

ミシェルは下腹の辺りをそっとさする。

ここに、カイルさまの御子を……その日はそう遠くないとミシェルは思っていた。通常の男性オメガがアルファの男と交われば、ほぼ、即孕むのだから……。カイルも手を重ねてきた。彼のぬくもりが、そこにあるという子宮に流れ込んでくるようだった。

ハーランドでは、男オメガは他の性と同じように、ごく自然に受け入れられていた。ただ、アルファの男児を産むことが多いので、政略結婚の候補に上がることは多かった。ミシェルもいずれそうなったかもしれないが、まだ子どもの時点でカイルに見初められたのだ。

（魂の番……？）

ふとそんな伝説が頭を過る。かつてひとつであった魂が二つに分かれ、それぞれが再びひとつの魂になるために、強く惹かれ合うアルファとオメガがいるのだという。

（そうだったらいいな）

カイルは幼い自分を見初め、自分もカイルにどうしようもなくときめいた。あの奇跡のような出会いが。

『カイル殿下にひと目惚れしたのね、おませさん』

当時、やっかみ半分で姉たちにからかわれたのだが、それは『ひと目惚れ』なんて言葉で片づけられるようなものではなかったと、ミシェルは幼かった自分の感覚を信じている。

「さあ――城が見えてきた。あれが我らが住まうジャンメール宮だ」

カイルの指差す先を見て、ミシェルは目を瞠った。極彩色で鮮やかな市街の上方、小高い丘の上にそびえる城は、金色に輝いていたのだった。

ジャンメール宮は壮大で、建物自体が貴族や高官の他、王宮で働く人々が住まうひとつの街だった。王族が居住する区域はその中心に、まさに下界を見下ろすかのように構えられている。

金色に輝くのは、建物を形づくっている砂岩の中の成分が光に反射するからだとカイルが教えてくれた。

その荘厳さに夢を見ているようで、ミシェルはカイルに手を取られながら、ただついていくことしかできなかった。驚きでまともに口もきけない。どこをどう進んだのかもわからないまま、ゴドラとカンドゥーラに身を包んだ者たちが恭しく出迎える中を進み、白い壁と淡い色のモザイクで彩られた部屋へと到着した。

「ここはミシェルが自由に使える部屋だ。おまえが主人だから、ゆるりと過ごすといい」

カイルは不思議な柄の織物で張られた長椅子に、ミシェルを座らせた。そして自分も隣に座る。

「ただ、私はいつでも出入り自由だ」

肩を引き寄せられたかと思うと、頬にキス。まるで羽が触れるような優しいキスだった。

くすぐったくて思わず肩を竦(すく)めると、キスは蝶(ちょう)のようにふわりと耳朶(みみたぶ)へ飛んだ。

「んっ」

優しいキスなのに背中にぞくりとしたものが走り、ミシェルは思わず声を上げてしまった。すると、カイルの唇がすっと離れる。

「あっ、あの、カイルさま……」

淫らな声を上げてしまった自分が恥ずかしくなり、ミシェルは許しを乞おうとした。だが、本当はその先のキスが欲しかったのだ。

「可愛い声だった」

カイルは静かに身を離す。

「残念なことに、式を挙げるその日の初夜まで、花婿も花嫁も禁欲が掟(おきて)なのだ」

「き、禁欲？」

その生々しい表現に、ミシェルは声を上げる。禁欲と言ったその顔に、カイルは意味深な笑みを浮かべた。

「その意味を知らぬか？」

「し、知っています！」

はっきりと答えてしまい、ミシェルはより恥ずかしくなった。カイルはそんなミシェルを妖艶に、そして優しく見守る。カイルには、艶っぽさと優しさが同居しているのだ。

「だから、一日も早く式を挙げたいのだが、いかがか？　花嫁どの。初夜の床はもうすでに、いつでも使えるようにしてある」

「は、はい、僕も……！」

思わず答えていた。

「おまえを私のものにしたい」

「僕はもう、カイルさまのものです」

ミシェルはうっとりとカイルを見上げた。目が潤んでいるのが自分でもわかる。

「そのような顔をして……禁欲せねばならぬのに、掟を破ってしまいそうになる」

ふふ、と黒い目を細めたカイルは、親指でミシェルの唇をなぞる。ミシェルはそれだけで背筋が粟立った。

「あ……」

息と声が漏れ、心の中で納得する――そうか。だから唇にキスしてもらえなかったのだ。

「では一日も早く。そうだな、婚姻の儀式は明後日というのはどうだ？」

ミシェルはこの王宮に着いたばかりだ。何もわからない。だが、そんなことはどうでもよかった。カイルが側にいてくれれば、何も怖くない。

「疲れていないか？」

「大丈夫です」

サラディーンは思ったよりも暑かったが、もう体調は回復している。ミシェルは我知らず、甘えるように答えていた。だが、すでに禁欲期間に入っているのだ。カイルはミシェルを現実へと引き戻すように告げた。

「では、湯浴(ゆあ)みして食事をとり、今夜はゆっくり休むといい」

用意された食事は、サラディーンのものではなく、ハーランド式のものだった。もっとも、その内容はハーランドのものよりもずっと豪華で上質だ。ふわふわのパン、クリームのようなバター、りんごのジャム。野菜と骨つき肉が煮込まれたスープ、真っ白なブラマンジェに、りんごの甘煮がほどよく冷やされている。

「食べ慣れないものを食して身体を壊すようなことがないように、しばらくは祖国の食べ物がよいだろう」

カイルがそう言ったので、それ以上言えなくなってしまったが、ミシェルはサラディーンの料理でなかったことに少し淋しさを覚えた。早くこの国の人になりたいのに……だが、カイルの思いやりはもちろん嬉しい。

「ありがとうございます。あの……よろしければカイルさまもご一緒に」

ひとりで食事をするのは淋しい。思い切って申し出ると、カイルはうなずいた。

「そうしよう。私もおまえともう少し一緒にいたい」

カイルはサラディーンの食事ではなく、ハーランドのものを一緒に食べてくれた。香り高いワインと共に。

「これは、ハーランドから送られてきたワインだ。芳醇（ほうじゅん）で我が国のものよりも馥郁（ふくいく）とした甘味があって私は好きだ」

「ありがとうございます。ハーランドの南部はぶどうがよく採れるのです。だから、古くからワインの産地として栄えました」

ミシェルが嬉々（きき）として答えると、カイルは上品にワインのグラスを揺らした。

「早く、おまえのことも味わいたいものだ……このワインのように」

「カイルさま！」

禁欲中ではなかったのか？　ミシェルは予期せぬ甘い攻撃に息も絶え絶え、顔中に体内の熱が集まってしまった。今の僕は、ハーランドの旬のりんごよりも赤いに違いない。

「人がものを食す姿は官能的だ……可愛いおまえが悪い」

これで本当に禁欲にしよう。カイルはミシェルの額にキスをした。本来は、唇以外の軽いキスでもいけないのかも……ミシェルは目を閉じて、物足りなさを呑（の）み込むしかなかった。

「よい夢を」

「明日はお会いできますか」

「もちろん。式が終わるまで触れることはできないが。それから」

一旦、カイルは口を濁した。そして少々、面倒そうにつけ加える。

「後宮の女官長という者が来ていろいろ話をするだろうが、聞き流しておけばよい。私は后となるおまえ以外に妃はいらぬから」

『後宮』という言葉に、サラディーンは一夫多妻制であったことをミシェルは思い出した。后を最高位として、以下は妃という序列はあるが、王は好きに妻たちの部屋に出入りできるのだ。カイルの愛の囁きに埋もれ、すっかり忘れていた……。だが、カイルはミシェルだけ、と今もはっきり言ってくれた。

「ありがとうございます。そんなふうに言っていただけて、僕は本当にカイルさまに嫁ぐことができてよかった……」

「当然ではないか」

唇を重ねたいのを我慢しておられるのかな……そうならばいいな……。ミシェルが思う中、カイルは部屋を出ていった。これ以上、共にいてはいけないのだそうだ。そしてミシェルは、顔を白いベールで隠した侍女とおぼしき女性から夜着を渡された。するすると肌を滑る絹だ。着心地よさそうでほっとしたが、湯浴みと着替えを手伝われたので、驚きと恥ずかしさでいっぱいになってしまった。

「自分でやります」

「いけません。王の花嫁となられるお方が自らのお手をわずらわすなど」

特に湯浴みの恥ずかしかったこと。ハーランドでも身の回りの世話をしてくれる侍女はいたが、ここまでではなかった。

あとでカイルさまに丁重にお断りしよう。それよりちょっと待って！　カイルさまもこうしてお世話をされているということ？　そんなの嫌だ！　ベータの男でないと、みんなカイルさまに発情してしまう……そんなことを思いながら、ミシェルは湯浴みを耐えたのだった。

本当に来たんだ。サラディーンへ。

身体が沈み込むような寝具に身を横たえ、ミシェルはふっと思った。

怒濤の一日だった。旅の馬車でカイルさまに攫われて、馬で走って、砂漠を越えて、そして華やかな市街に荘厳な城。ああ、ハリスはどうしたかな……気持ちが昂ぶっていて眠れないと思ったのに、絹の夜着と柔らかな寝具に包まれて、ミシェルはぐっすりと眠った。

翌朝、用意されていたのは、カイルと同じゴドラとカンドゥーラで、カイルが手ずから着替えを手伝ってくれた。ゴドラと衣装はふんだんに用意されていて、どれも豪華で素晴らしいものだった。金糸の縁取りや、小さな宝石が縫いつけられたもの、ゴドラを留める、イカールという輪っかも金や銀だ。どれも、カイルが吟味して選んだものだという。

ミシェルはやっぱり目を瞠るしかなかった。好きなものを選べと言われてもわからない。

それならば……と、カイルは口角を上げてミシェルを見た。

「私が選んだものを着るというのはどうだ？」

ミシェルに異論はない。それどころか、選んでもらえるということが嬉しかった。

カイルが選んだものは、細い金のイカールのゴドラと、純白の絹地の裾に、金糸で花の刺繍（ししゅう）がしてある清楚（せいそ）なものだった。だが、それはただ清楚なだけではなく――。

「この花の刺繍は、これはバラではありませんか？」

ミシェルは刺繍を見つめた。ミシェルはバラが大好きで、子どもの頃から自分でも育てていた。バラを咲かせることでは名手だと謳（うた）われていたのだ。

「この国では、バラは育たぬゆえ」

カイルが告げたのはそれだけだったが、ミシェルにはわかっていた。好きな花が咲かない国へ嫁いだ僕を慰めようと……。

「僕はカイルさまがいればいいと思ったのです」

ミシェルは目を潤ませ、カイルを見上げた。

「早く着てみせてくれ」

照れ隠しのような早口で言いながら、カイルはミシェルにカンドゥーラを着つけ、頭にゴドラと細い金のイカールを乗せた。そして、感嘆のため息をつく。

「なんと美しい……私の花嫁はこんなにも可憐で……」

カイルはめずらしく語尾を詰まらせた。どうされたのだろう？　サラディーンの民族衣装に身を包んだミシェルはカイルに問いかけた。

「カイルさま？」

精悍な顔立ちが苦悶するように少し歪む。唇が震えている。いつものカイルさまじゃない。ミシェルは恐れを覚えてカイルの腕を揺さぶった。

「どうされたのですか？　カイルさま！」

ミシェルと目が合い、カイルははっと我に返る。

「私としたことが動揺してしまったのだ。私は、おまえの清らかな美しさを……」

褒めてもらうのは嬉しい。それなのに、なぜこんなにも辛そうなのか。言葉を詰まらせるのか。ミシェルはどうすればいいかわからなかった。わからなかったから、積極的なことができたのだ。ミシェルはカイルを思い切り抱きしめていた。ミシェルの腕では抱ききれない、広い背中をぎゅっと。

「そんなお顔をしないでください！　僕はもう、胸が潰れてしまいそうです」

カイルは一瞬、目を瞠り、そして唇を引き結んだ。その一瞬で、彼は不遜な王の顔に戻っていた。

「ミシェル……花嫁の方からみだりに抱きついたりしてはならぬ」

穏やかだが、腹の底にズンと響くような重い口調だった。ミシェルはぱっと身体を離し、深く頭を垂れた。

「も、申しわけありません！」

やってしまった……この国ではこういうことはしてはならないことなんだ……。それに、式を挙げるまでは禁欲だと言われていたのに。ミシェルの頭の中は後悔と不安で混乱していた。もし、カイルさまに卑しいと思われてしまったら……。だが、続くカイルの口調は先ほどよりもずっと優しかった。

「わかったならば、いい」

抱き寄せられ、頬を撫でられる。それは、どこか言い訳めいているような気がして——。

「……許して、いただけるのですか？」

カイルは口角を上げて笑った。もう、いつものカイルだった。ミシェルはほっと安堵の息をつく。

「さあ、食事を済ませよう。今日は忙しくなる。明日は婚姻の儀式だからな」

「はい」

明日は婚姻の儀式。そのあとは——。

禁欲の時が終われば、唇にキスをしていただけるのだ。キスだけではない。もっと……。可愛がっていただけるだろうか。満足していただけるだろうか。

ミシェルの心臓は忙しなく鳴り始めた。


朝食は昨日と同じハーランド式だった。サラディーンの衣装を着ている自分に緊張し、明日のことを考えると、どきどきが止まらない。朝食はあまり進まなかった。

「いろいろ緊張してしまって、胸がいっぱいで」

体調を案ずるカイルに答える。カイルは「無理もない」とうなずいた。

「いつ花嫁が到着してもいいように、準備は万端だ。儀式もあるが、何もかも私に委ねていればいい。明日がよき日となるように、今日はゆっくり休め」

カイルは自分の額とミシェルの額をこつんと合わせる。彼らしからぬ幼い仕草に驚いたミシェルだが、頬を染めた。

「やっと笑ったな」

にやりと笑い、口角が上がる。男の色気が惜しみなく発散され、ミシェルはそれだけで腰がくだけそうだ。

「これくらいは許されるだろう」

言い残し、カイルは颯爽(さっそう)と部屋を出ていった。儀式や宴(うたげ)の打ち合わせで、今日はもう会えそうにない。ミシェルの今日の仕事は「休息」だ。

カイルが退出すると、侍女たちが現れて大きな羽扇で風を送ってくれた。だが、とにかく暑い。窓の外では太陽がじりじりと照りつけていた。

それから午前のうちに、カイルが言ったように『後宮の女官長』を名乗る女性が現れ、ミシェルに様々な指南をした。

「王は別に部屋がございます。后は自分の部屋で王がいらっしゃるのを待たねばなりません。妃が増えても同様です。王が新しい妃を娶られるごとに後宮の部屋は増えて参りますが、気を引こうとして妻から王をお誘いすることは、はしたないことです。ミシェルさまは外国の方で男性オメガですが、後宮の決まりにはもちろん従っていただきます」

圧のある口調を、ミシェルはおとなしく聞いていた。文化風習の違いと言えばそれまでだが、王の愛を受けられない妃は惨めなのだと思わされた。

（でも、カイルさまは他にはいらないと言ってくださった……）

女官長が去り、思いを巡らせていた時だ。

「ミシェルさま！」

そこへ現れたのはハリスだった。なんとか身なりを整えていたが、はあはあと肩を上下させ、息せき切ってやってきたという感じだ。

「昨日、遅くに到着したのですが、お会いするのは明日になってからと言われたのです。馬車隊は先ほど到着しました。ああ……やっとお会いできました」

心底安心したように、ハリスは胸に手を当てる。そして茶色の目を見開き、矢継ぎ早に訊ねてきた。

「大丈夫でしたか？　何か無体なことはされませんでしたか？　お怪我(けが)は？　体調もよくなかったのに、あんなに荒々しく連れ去られて、気が気でありませんでした」

「荒々しくなんてないよ。とっても大切に丁寧に接してくださったし、体調もよくなったんだ。それに連れ去られたわけじゃ――」

「ミシェルさまの言われる通りだ。我が王に対し、そのような物言いは聞き捨てならぬ」

低い声と共に、灰色のゴドラとカンドゥーラを身につけた大柄な男が姿を現した。カイルも体格は立派だが、それを上回るがっしりとした男で、部屋の入り口のモザイクのアーチに頭が触れそうなくらいだ。ハリスもベータながら、ハーランドでは大柄な方であったが、今は男に完全に見下ろされていた。

「いきなり現れて、名前も名乗らずになんだ。ここはカイル陛下の花嫁となる、ハーランドより参ったミシェルさまの部屋だ。礼をわきまえろ」

少々気の短いハリスは、いきなり自分を否定してきた男に、すでに好戦的だ。だが、男はハリスを無視してミシェルの前に膝をついた。

「ミシェルさま、ご機嫌うるわしゅうございます。私は幼き頃よりカイル陛下の側近を務めております、ザハムと申します。どうぞお見知りおきを」

ザハムと名乗った男は、恭しく礼をした。髪や目の色はカイルと同じ黒だが、顎ひげを生やしているせいか、より迫力を感じる。

「ミシェルと申します。どうぞよろしくお願いいたします」

ハリスの『なんだこいつ』な視線を感じて、ミシェルははらはらする。だが、ザハムはハリスを無視してミシェルに答えた。

「サラディーンの衣装、とてもお似合いです。縁取りの金の刺繍とミシェルさまの髪が同じ色で、本当に素晴らしい」

「ありがとうございます。でも、まだ着慣れなくて……。このバラの刺繍は、カイルさまが選んでくださったのです」

「それは陛下らしい。見事なお見立てだ」

最初に話に割って入ったきり、ザハムはハリスを無視し続けている。ハリスはハリスで不満げな様子を隠そうとしない。二人は出会った瞬間に互いを天敵だと悟ったかのようだった。ミシェルは控えめに呼びかけた。

「あの、ザハムさん」

「ザハムとお呼びください」

瞬(まばた)きもせず、ザハムは答える。さっき衣装を褒めてくれた時も、穏やかながら表情は動かなかった。

「こちらは、僕の側近を務めているハリスです。ハリスは僕の乳兄弟でもあるのです」

努めて明るくミシェルが間を取り持つ。ザハムはやっとハリスを見て、ハリスは口を開いた。

「ハリス・ディウムという。ミシェルさまの婚姻に伴ってこの国に参った」

「ザハム・ジャルーンだ。ハリス殿、先ほどの陛下に対しての失礼な言葉を取り消してもらおうか」

「事前に知らせもなく、突然、隊に押し入って強引にミシェルさまを奪っていかれたのだ。失礼はそちらだろう」

「ちょっと二人とも……」

ミシェルは困って、おろおろした。自分たちそれぞれの側近が、いきなり火花を散らしているのだ。

「教えておいてやろう。この国では、王は太陽神アイウスの生まれ変わり。王の為すことがすべて正しいのだ」

ザハムはハリスを見据え、そして声音を和らげてミシェルを見た。

「本日は、陛下は式の準備で多忙であられます。何かありましたら、このザハムにお申しつけください」

「ありがとうございます」

一礼して、ザハムは部屋を出ていった。

「ミシェルさま！」

ハリスはテーブルにバン！　と手をついた。

「なんて失礼な奴なんでしょう。王の為すことがすべて正しいなんて、そんなことあり得ません！　だから私はこの結婚に反対だったのです！」

ミシェルは、憤るハリスの肩に手を置いた。

「心配してくれるのはわかるけれど、僕は幸せだよ。カイルさまは僕を大切にしてくださるし、何よりも僕はずっと、カイルさまの花嫁になる日を夢見続けてきたんだ。それは、ハリスもよく知っているよね？」

「……それを言われたら、私はもう何も言えないではないですか」

ハリスは顔を上げ、唇を嚙んだ。

「ミシェルさまが幸せならば、私はそれでいいのです。でも、この国で本当に幸せになれるのかが心配でなりません。この国ではミシェルさまのお好きなバラも咲かないのに」

「ありがとう」

ミシェルは、そっとハリスの手を握った。ハリスの表情が柔らかく緩む。

「バラが咲かなくても、カイルさまがいてくださるからいいんだ。それに、この国の花たちに出会うのも楽しみなんだ」

「ミシェルさま……」

「ハリスが側にいてくれてこんなに心強いことはないよ。僕を信じて、カイルさまを信じて、見守っていて」

「あのザハムとやらは信じられそうにないですが」

ハリスはため息をついた。水と油、磁石の対極、相容れない間柄というのはあるものだ。だが。

「私はあの男と力を合わせてお二人をお守りする立場です。なんとかやってみます」

「ハリス、この国の衣装はどうするの。僕からカイルさまにお願いすればいいのかな」

「ああ、それは心配いりません。カイル陛下が用意してくださいましたから、あとで着替えてきます。私だけでなく、随行してきた者、皆に仕事と部屋と衣装を用意してくださいました。最初からすべてこちらで用意するとおっしゃってましたが、相当に豊かな国のようですね。この王宮を見ればわかります。金色の外壁といい、内装といい、調度品といい……。税を絞られた民の呻きが聞こえてきそうですよ」

「ハリス、それは言いすぎだよ。確かに僕も驚いてばかりだけど」

絹のカンドゥーラにふわりと触れ、金の輪で締められたゴドラの重みを感じながら、ミシェルはハリスの毒舌を窘めた。

「ザハムも言っていたように、サラディーンでは王は神の生まれ変わりで、皆、王を崇めているんだから。カイルさまも民に慕われているよ」

ミシェルは途中出会った、カイルと民とのやり取りを話して聞かせた。

「民に慕われているのはけっこうですが、ミシェルさま、王侯の贅の後ろには民がいるのです。私は父にそう教わりました。燃料資源がサラディーンに富をもたらしているのはわかっていますが、ハーランドの『慎ましさこそ美徳』の教えをお忘れにならないように」

心に驚きとして引っかかっていた違和感を、ハリスによって言葉にされてしまった。だが、ミシェルはその思いを心にしまう。

カイルの花嫁になるということは、この国の決まり事に従うべきであり、それこそがサラディーンの者になることだと思っていたのだ。一方、ハリスも話題を変えようと思ったのか、薄い靄のような布が揺れるテラスの向こう、照りつける太陽を仰いだ。

「それにしても暑いですね。婚姻の儀式はもう少し暑さが和らぐといいのですが……。ところで、式の日程はもう決まっているのでしょうか」

「うん、明日」

ミシェル自身はそのことを告げるのが嬉しかったのだが、さすがにハリスは驚くだろうと、ごくごく控えめに答えた。

「明日！」

ハリスはミシェルの予想を上回る反応を見せた。あまりに驚いたのだろう。しばらく口をあんぐりと開けたままだった。

「明日って、そんな無茶な！　ミシェルさまも昨日到着されたばかりではないですか！」

「確かに急だけれど、カイルさまと決めたんだ。少しでも早く一緒にいられるように。準備はもうすでに整えてあるっておっしゃっていたよ。今日は諸々の確認だって」

ミシェルはもはや嬉しさを隠し切れなかった。自分でも声が弾むのがわかる。

「正式に婚姻の誓いを交わすまでは、互いに禁欲しなければならないんだ」

「ミシェルさまから禁欲などという言葉を聞こうとは……」

ハリスは頭を抱え込んで嘆いていた。つまり、早く禁欲から解かれたいというわけですか。さすがにそうとは言わなかったが表情が告げている。

「祝福してよ、ハリス。僕は愛する人と結ばれるんだよ」

ミシェルはハリスの手首を持って、顔を上げさせた。幼なじみであり、今でもずっと側にいてくれる彼に祝福されたかった。ハリスはわずかに頭を垂れる。

「駄々を言って申しわけありませんでした。私は、ハーランドのご家族に負けないくらい、ミシェルさまの幸せを願っております」

ハリスは祝福という言葉は使わなかった。やはり根底ではこの結婚に反対しているから……なのかな。でも、それも僕を思ってのことなんだ。

理屈ではわかっている。だが、ただカイルと結ばれることを祝ってほしいのだと、ミシェルは淋しく思わずにいられなかった。

＊＊＊

翌日、婚姻の儀式は粛々と行われていった。

目も眩むような、小さなダイヤモンドで縁取られたカンドゥーラ、ゴドラの上から繊細な織りのレースを被る。花嫁のベールなのだろうか。ゴドラから金髪がこぼれ、その姿にカイルは感嘆し、目を細めた。

「素晴らしい。豪華な衣装を着ても清楚な美しさを損なわないのが私のミシェルの魅力だ」

賞賛するカイルこそ王者そのものの風格で、ミシェルは終始見惚れていた。カンドゥーラの上に茶と金が混じる毛皮で縁取られた赤いガウンを羽織っている。並んでラクダに揺られ砂漠を神殿へと向かう道中だ。日傘を差しかけられてはいるが、ふわりとした衣装でもミシェルは暑くてたまらない。だが、ガウンを羽織っていてもカイルは涼やかだった。

「この毛皮はハーランドとの交易で手に入れたものだ。婚姻の儀式にはこれを身につけると決めていた」

ふと故郷の話が出て、今日の姿を家族に見せたいとミシェルは思った。思わず浮かべてしまった涙を、カイルが指で拭ってくれる。

「肖像画を描かせて、ハーランドの義父上たちにも見てもらおう」

「ありがとうございます。でも、どうして僕の考えていたことがわかったのですか？」

「それを私に訊ねるか？」

カイルは意味ありげに微笑んだ。不敵な笑み、意味深な笑み、そんな時、カイルはどちらかの口角がより高く上がるのだ。ここ数日でそんな発見もした。新しいカイルを知るたびに、ミシェルの心はカイルへの愛しさでいっぱいになる。

やがて太陽神アイウスの神殿に着き、二人はサラディーン大神官の導きによって互いへの愛と尊敬を誓った。

果てしなく続くかのような砂の大地に建つ、石柱群から成る神殿は神話の時代からあるのだという。ここははるか遠くの海と、大陸を横断する大河を結ぶ中心点なのだと教えてくれたのはカイルだ。

今、ここにいるのは大神官と、カイルと自分だけ。神殿の荘厳さに胸打たれ、誓いの言葉に感動して、ミシェルは青い目を潤ませていた。

「リア・ラルートゥ」

汝を永遠に愛するとカイルが誓い、続いてミシェルは、汝を永遠に尊敬すると答えた。

「リア・イフラーム」

（やっと、この誓いの言葉を言える日が来たんだ）

ミシェルは全身で幸せを噛みしめていた。十年前、初めて覚えたサラディーン語だ。婚姻が成った時、こう言うのだとカイルが教えてくれたのだ。

誓いを交わし、見つめ合った時のカイルの真摯なまなざしと、そのあとに見せてくれた、優しさあふれる微笑み。口角が上がらない笑みだ。カイルの黒い瞳に自分が映っているのを見て、ミシェルの胸は感動ではち切れそうになった。誓いのキスはない。残念だと思うけれど、でも、今夜は――。

婚姻の儀式は、大神官の詠唱のあと、二人の誓いだけで終わった。これでミシェルはカイルの后となったのだ。

「長かったな」

「はい」

だが、二人きりになれる時間はまだ訪れない。王宮に戻って、先王たちの墓前で報告をし、王宮の皆に伴侶になったことを宣言する。結婚に反対していたハリスの目が潤んでいて、ミシェルの涙腺は決壊しかけたがぐっと耐えた。自分はカイルの后なのだ。その名に恥じないように凛としていなければ。

「二人きりになったら、思う存分泣くがよい、私の腕の中で」

カイルが耳元で囁く。なんて艶を含んだ声なのか。涙を堪えても、頬が朱に染まるのは止められない。そして、いつも僕のことを見ていてくださるのだと、ミシェルは幸せでならなかった。

続く祝宴では、王宮の庭が民にも開放され、ミシェルは王都ガラジャンで民と出会った時と同じように賞賛され、あふれるほどの祝福を受けた。

『アイウス・サルーシャ』の声の中に、『ルーナス・サルーシャ！』の歓声が混じる。ルーナスはアイウスと対となり、砂漠を見守る月の神で、后がいつしかそう呼ばれるようになったのだと聞いた。

「神聖なる男オメガさま、早く陛下のお世継ぎを！」

「健康な御子を！」

「お世継ぎを！」

カイルは口角を上げた笑みを浮かべ、手を振って応えている。王の御子を望む民の声を真正面から聞き、ミシェルは手を振るどころではなかった。

（僕は今夜きっと、カイルさまの御子を孕むんだ……カイルさまの精を、この身に受け止めて）

今夜——ミシェルはくらりと目眩を覚える。

「ミシェル？」

とっさにカイルが身体を支える。口角が上がった笑みは心配を隠せない表情に変わっていた。

「大丈夫です。皆さんの熱気に当てられたのかもしれません」

ミシェルは笑顔で答えたが、昼間、砂漠へ出たこともあってか、とにかく暑かった。例によって侍女たちが大きな扇で風を送ってくれているが、なまぬるい空気をかき混ぜているだけのようだ。

ふと、バルコニーの隅に待機しているハリスと目が合った。大丈夫ですか？　と不安げな顔に書いてある。その横ではザハムが険しい表情で、腕組みをして立っていた。

だが、集まってくれた民を前にして「疲れたから下がりたい」などとミシェルは言えなかった。大丈夫。本当に皆の熱気に当てられただけ。自分に言い聞かせていたら……。

「下がるぞ」

耳元で囁かれたかと思うと、ミシェルは民や貴族、王宮の皆の前でカイルに抱き上げられた。

「カ、カイルさま」

「暑いのだろう？　水を浴びて涼んだ方がいい」

「で、でも」

カイルはミシェルの躊躇もかまわずその場にいる皆に向けて、不敵な笑みを向けた。

だが、その笑みは有無を言わせぬ力がありながら、見る者に怖さを感じさせない、茶目っ気さえうかがわせるものだった。

「皆、今日は我らを祝福するために集まってくれて、私も花嫁も本当に幸せだ。心から礼を言う。……だが、そろそろ二人きりになりたいゆえ、我々はこの場を去らせてもらうが、皆は存分に酒や料理を楽しんでいってくれ」

言い終わるやいなや、カイルはミシェルを抱えたまま、再び湧き起こる歓声の中をバルコニーから去る。ハリスやザハム、側近たちも侍従たちもあとを追うなど無粋な真似はしない。いや、王がそう言ったのだからできないのだ。

「カイルさま」

ミシェルはぎゅっとカイルにしがみついた。ついに来たんだ、この時が。

「身体が熱いな」

「水を浴びたら治まります。今はもう、カイルさまのことを考えるだけで熱くなってしまうのです」

カイルを煽っていることに、無垢なミシェルは気づかない。潤んだ目を向けられたら、カイルでなくとも、どんなアルファでも陥落しただろう。

「そのようなこと、私以外の誰にも言わぬとこの場で誓ってもらおう」

ミシェルの部屋、閨の寝台は磨き込まれたマホガニーの柱に天蓋つきで、レースが幾重にも垂れ、夢のような美しさだった。初夜のために新しく設えられた寝台だ。だが、ミシェルはいっぱいいっぱいで、カイルの他には何も目に入らない。

「誓います。誓い……！」

寝台に組み敷かれながら唇を塞がれる。カイルの唇も熱を帯びている。待ち望んだ唇へのキスだった。

重ねた身体を一旦ほどき、カイルは自らの衣装を解いた。存分に逞しい体躯を見せつけ、ゴドラの下から、縮れた長い黒髪が現れた。

ミシェルはただ目を瞠る。素敵だとか、野性的で男らしいとか、したたるような色気だとか、彼を賞賛する言葉はたくさんあった。だが、ミシェルはすべての語彙を失ってしまった。上半身裸で髪をかき上げているカイル。ミシェルが口にできたのは彼の名だけだった。

「カイルさま……」

言葉を失った代わりに、様々な感覚が湧いてくる。下腹がずくんと疼き、早く触れてほしいと腕を伸ばす。アルファが欲しい……身体の奥底で囁く者がいる。早く、早く。

「衣装を脱ぐ前に水を浴びるか」

脱ぐ前に——？　そうだ、生まれたままの姿で愛し合うのだ。ミシェルの胸は痛いほどに高まる。そして、ふるふると首を振った。それよりも早く触れられたかった。カイルはふっと微笑む。

「恥ずかしければ目を閉じていろ」

まぶたにキスをされ、ミシェルは目を閉じた。見ていたいけど、これ以上見ていられない。衣服を解かれるたびに腰が捩れてしまうなんて。肌に指が触れるだけで小さく息が漏れてしまう。

「きれいだ。ミシェル」

語尾と共に素肌を手のひらが滑った。もう、上半身何も身につけていないのだ。下半身も緩められている。

「あ……っ」

彼の指が無防備な乳首を掠めた時だ。声と共にミシェルの身体がぞくりと慄いた。軽く握っていた指が意思と裏腹にぴくぴくと小刻みに震える。触れられて身体は熱っぽいのに寒い……悪寒だ。つま先から頭の上まで悪寒が駆け上がっていくのだ。

「な、に……」

カイルはミシェルの上半身を腕に寄りかからせるようにゆったりと抱き上げた。だが、その顔にはありありと、驚きと心配そうな表情が浮かんでいた。

「おまえは発熱している」

「はつ、ねつ？」

「指先が痙攣しているだろう？　急激に体温が上がったためだ」

でも……言おうとしたら、額をこつんと合わされた。触れる彼の額をひんやりと感じる。

「間違いない」

再び悪寒が襲ってきた。だが、ガタガタ震えながらミシェルは必死に抗う。だって今日は……！

「僕なら大丈夫、です」

言いながら、自分でも発熱しているのだと認めざるを得なかった。寒い、寒い。思わずカイルに縋りついたら、一瞬、緩く抱きしめられた。そして、震える身体を横たえられ、夜具をかけられる。

「どうしてこんな大切な、時に……すみません。申しわけありません」

ミシェルは泣きそうな目で詫びたが、優しく諭された。

「なぜ謝るのだ。おまえが悪いのではない。私が無理をさせた上に、環境の変化と長旅の疲れが出たのだろう。よいかミシェル、焦らずとも私たち二人はこれからずっと一緒だ。今日は静かに休め。今、ハリスを呼ぶ」

カイルが一度脱いだ衣装を身につけるのを、ミシェルは悲しい思いで見ていた。

他の者に、熱を出して初夜が成らなかったなどと知られるのは絶対に嫌だった。カイルはミシェルの心を察してハリスを呼んでくれたのだ。

ハリスはてきぱきと夜着を着せ、頭を冷やすための布と水を用意してくれた。何も聞かず、何も言わず、その心がありがたい一方で、自分のせいで初夜が成らなかったことを思い、いたたまれなかった。

「では陛下、あとはお任せください」

ハリスが一礼した時だ。

「待って。カイルさま」

ミシェルは寝台から半身を起こし、弱々しく腕を伸ばした。

「お側にいてはいただけませんか？」

「ミシェルさま、それは……！」

諌めようとしたハリスを目で制し、カイルはミシェルの手を取った。

「いてもいいのか？　ひとりの方がゆるりと休めるのではないか？」

「わがままなのはわかっています。後宮のしきたりにも反するのでしょう。でも、今夜は……」

少し間があった。カイルは眉間を険しくしていたが、怒ってはいなかった。ただ、困惑したような表情をしている。

なぜ、そのようなお顔をされるのですか？　僕の願いはあなたを困らせているのでしょうか。だって今日は初夜なのだから――。

カイルを見上げる潤んだ目はただ無垢で、だがミシェル自身、その目がカイルに何をもたらしているか、わかっていなかった。

「わかった」

カイルはミシェルの手にくちづけた。衣装の襟元を緩めて、寝台に横たわる。

「夜着をお持ちいたしましょうか」

「いらぬ。このままでよい。おまえは下がれ」

「御意」

ハリスはサラディーン風に一礼して、閨を去っていった。

「さあ、ミシェル。私はおまえの側にいる。安心して休め」

諭すような穏やかな囁きに、ミシェルは涙声で訊ねる。

「本当に、本当にここにいてくださいますか？　どこにも行かれませんか？」

「先ほど、アイウス神に愛と尊敬を誓い合った夫が、そんなに信じられないか？」

「ごめんなさい……」

叱る、というわけではなかったようだが、カイルは少々尊大だった。冗談めかしていたのか、疑り深い花嫁に少しだけ懲らしめを込めていたのか……。だが、真上から覗き込まれて、縮れた黒髪がミシェルの頰を撫でた。それだけで、身体の熱とは違う熱がずくんと下腹を疼かせた。

「愛しています。カイルさま……」

あなたに抱かれて、身体で愛されることを知りたかった。あなたの御子を身籠（みご）もりたかった。そして、あなたにも満足していただきたかった……。

下腹の疼きはミシェルにそんな淫らなことを思わせた。カイルを愛しているからこそ。オメガとして、アルファに抱かれたいという本能があるからこそ。

「愛しているよ、ミシェル。いい子だ。何も気にやむことはない。よくお眠り……」

寝台脇のテーブルから、身体を包み込むような甘い香りが優しく漂ってくる。テーブルには銀細工の香炉が置いてあった。その香を嗅ぐとふっと意識が緩み、悪寒さえも忘れてミシェルは眠気に抗えなくなった。まぶたが落ちてくる……。

「おやすみ……聖らかすぎる花嫁よ。私は……」

拳を固く握ったカイルが額にキスしたことも、そう呟（つぶや）いたことも、ミシェルは知る由もなかった。

3

初夜から数日が過ぎたが、ミシェルの熱は下がらなかった。一時は咳がひどくなって肺の炎症が疑われ、医師と薬師がひと晩つき添った。

その間も、カイルはずっとミシェルの側にいた。ミシェルは眠っていることがほとんどだったが、まどろんで目を開けると、そこにはいつもカイルがいて、微笑んでくれる。すると安心してまた眠ることができるのだ。

サラディーンは太古から優れた医術や薬の教えがあることで知られているが、そのおかげでやがてミシェルの高熱は去り、微熱状態となった。医師の見立ては、『長旅の疲れに、気候や風土など大きく変わった環境に身体がついていけなかったことや、自身の緊張が加わったもの』で、病ではないということだった。しばらく休養を取り、無理をしなければ徐々に回復するだろうと。

寝台の上で起き上がる許可が出た最初の日、ミシェルはカイルに「申しわけありません」と頭を下げた。

「こんなに寝込んでしまうなんて」

「謝ることはない。長旅の疲れや緊張が重なったのだと医者も言っただろう？　おまえを攫ってしまうなど、私の配慮も足りなかった」

すまなかった、と額にキス。

ミシェルは慌てたが、カイルはミシェルへの愛情を隠そうとはしない。

「頬が赤らんでいる。また熱が上がったのでは？」

「違います！　これは、カイルさまが……」

額にキスしてくださったから。蚊の鳴くような声で囁くと、カイルは満足そうに笑う。

互いを愛で合うような二人の傍ら、寝台を囲む緞帳の向こうから、控えていたハリスの声が聞こえてきた。

「なぜ、そんな顔をしているのだ」

「陛下が謝っておられる」

やはり控えていたザハムの声は驚きを隠せないものだった。あの、いつも抑揚のないザハムが。

「それがなんだというのだ」

対し、ハリスは憮然と言い返している。

「陛下が、王が他の者に謝られるなど由々しきこと……しかも、ご自分の所有物である后に」

「所有物とはなんだ。ミシェルさまに失礼もほどがある」

荒ぶりそうな声を抑えているのはわかるものの、ミシェルはハラハラした。まったく、この国の考えは……。ハリスはいつもそうこぼしていたからだ。

「この国では、王は太陽神なのだ。よって、ご自分の生を授けられた両親以外は、すべて王の所有物だ。おまえもいい加減この国に慣れることだな。ミシェルさまは陛下に導かれ、戸惑いもあろうが自分なりに咀嚼しておられるというのに」

ハリスはため息をついたようだった。こんな、カイルさまに聞こえるようなところでやり合うのはやめてほしい……。ミシェルは身が縮む思いだった。もしかしたら、ハリスはカイルさまに聞こえてもかまわないと思っているのかもしれない、そう思うと……。

「申しわけありません。ハリスがご無礼を……」

「よい」

カイルは気に障った様子はなさそうだった。

「ザハムにも言いすぎるなと伝えておこう。それに、私とて謝ることくらいはある」

「ハリスの無礼をお許しくださるのですか？」

ミシェルは両手を組み合わせてカイルを見上げた。カイルの笑みは優しい。

「臣下が主を守りたいのは当然だ。その忠誠心がまことであればあるほど……よい臣下を持ったな、ミシェル」

「あ、ありがとうございます……」

「泣くやつがあるか」

カイルに涙を拭われながら、ミシェルはその心に感謝した。そして、自分もザハムのことをそう思えるようになりたい。今はまだ、その……彼に苦手意識があるけれど……などと思ったその矢先だ。

「そもそも、今は王の訪問は避けて、ミシェルさまの静養を優先させるべきではないか。それもおまえの役目だろう」

まだ言い争っていたのか、ザハムの尖った声が聞こえてきた。

「陛下が風邪などに感染してはならぬというのに」

カイルはいい加減にしろ、という感じでため息をつき、二人がいる緞帳の方を振り返った。

「弱っているからこそ、側にいてやりたいのだ」

その声に、ザハムとハリスがカイルの前に姿を現した。

「では、後宮での王としてのお務めを果たされますように」

ザハムは淡々と答え、頭を下げる。ハリスは共に頭を下げたが、渋面であることは手に取るようにわかった。

「ミシェルの体調が第一だ。無理をさせるようなことはしない」

カイルは、ザハムに言い放つ。

お務め……。

話を聞いていたミシェルはたまらなかった。本来なら、すでに初夜を済ませ、結ばれていたはずなのだ。だが自分の体調不良のせいで……。

(本調子ではないけれど、抱いてくださっても大丈夫……なんじゃないかな)

だが、そんなことは自分から言い出せない。恥ずかしさもあるし、何よりも、后から求めることは淫らな行いだと戒められていた。

カイルはまさに、真綿に包むようにしてミシェルを大切に大切に扱っている。過保護すぎるのではないかと異を唱える者もいるようだが、王に直接そんなことを言えるのはザハムくらいだ。大切にされるのはよいが、早く御子を……。ザハムの訴えを、カイルは意に介さなかった。

「ミシェルは、長い間待って花嫁になった私の宝だ。愛する者を大切にして何が悪い」

ザハムがカイルに世継ぎについて進言していることを、ハリスを通じてミシェルも知っていた。ハリスには、ザハムが自分について話したことを逐一伝えるようにと言ってあった。

(ふう……)

三人が退室したあと、ミシェルはため息をついた。

(もう、世継ぎの話は当然のことなんだ)

カイルは庇(かば)ってくれたが、今日のことで、ミシェルはひしひしと感じずにはいられなかった。

通常、子ができたことがわかるのは結ばれてからひと月後くらいだ。さぞ、皆をがっかりさせることになると、ミシェルは胸を痛めた。そして、カイル王の后は『孕まずのオメガ』ではないかと噂(うわさ)が立つだろう。

（辛いな……）

いっそ、后は体調が悪く、未(いま)だ結ばれてはいないのだと宣言してもらった方が……。

この国では、后や妃が孕まないのは、理由はなんであれ王の責任ではない。だが、カイルはミシェルが不利になるようなことはしないだろう……。

そうしてミシェルには、初日と同じようにハーランドの食べ物や衣服、身の回りのものが与えられるようになった。

「やはり、馴染(なじ)んだものの方がいいだろう」

カイルの心配りはとても嬉しい。そう思いながらも、サラディーンに早く馴染みたいミシェルは淋しさを感じてしまう。ゴドラは重いけれど、この国の衣装は織りが素晴らしくて、とても好きだ。食べ物だって、まだ苦手な香辛料もあるが、少しずつ慣れ始めていた。だから……。

（カイルさまのお心を否定するなんて、僕はなんて傲慢なんだ）

ミシェルは即座に思い直した。毎日、お忙しい政務の合間を縫っては、必ず様子を見に来てくださるのに。

その通り、カイルは時間を作ってはミシェルのもとを訪れていた。これまでの王は執政は大臣たちに任せていたらしいが、カイルは自ら民の謁見を受け、外交にも軍にも通じ、サラディーンの政治を執り行っている。

「本当にご立派だよね」

「王が政治を執り行うのは当然のことではありませんか」

変わらず、ハリスの返事は渋い。

「そうじゃない国だってあるんだよ。王さまは玉座に座っているだけ。でもカイルさまは違う」

目をきらきらさせるミシェルを見ていると、ハリスは何も言えなくなる。ふう、とため息をついた時、寝台に巡らされた緞帳をかいくぐってカイルが顔を見せた。

「具合はどうだ、ミシェル」

「カイルさま！」

カイルは身体を屈め、クッションにもたれかかっていたミシェルの半身を抱き寄せ、額をこつんと合わせる。

「……まだ熱があるな」

「でも、昨日よりは下がったんですよ」

ミシェルは嬉々として報告する。カイルが熱を測ってくれるこの仕草が大好きなのだ。

「そうだな、昨日より顔色がいい」

「お薬が効いてきたのだと思います」

「それはよかった。水分は摂っているか」

(カイルさま、いつも薬や水分のことを確認して、時々、母上みたい)

そんなことを心の内で考えながら、ミシェルはほっこりとする。サラディーンの太陽王がこんなに甲斐甲斐しくしてくださるなんて、ハーランドの皆が知ったら驚くだろうな。ハリスはもう慣れたみたいだけど。

と、顎を捉えられた。キスできそうなほどに顔が近づき心臓が跳ねたが、カップを口にあてがわれ、冷たいライム水が喉に流れ込んできた。最近まで水にはオレンジが浮かべられていたのだが、ミシェルはサラディーンで初めて食べたライムが大好きになって、ライム水に変えてもらったのだ。

こくん、と水を飲み込み、ミシェルは至近距離のカイルに頬を染める。

「どうした、なぜそんなに赤くなっている」

「だってカイルさまのお顔がこんなに近くて……」

カイルはきりりとした目元を緩め、ミシェルをじっと見つめる。

「まったく、おまえはいつまでも初々しいのだな」

初々しいのだろうか……結婚が決まった時、攫われた時、初夜に重ねられた唇と唇の熱さが恋しいのに。思い出すと愛しさが募り、早く結ばれたいと思うのに。

（カイルさまは早く僕を抱きたいと……思ってくださっているのかな。本当に、僕の体調のせいだけなのかな……）

ミシェルはそう思った自分をいつもあとから責める。

まだ結ばれないということ以外、ミシェルはカイルに大切にされていることが幸せだった。

だが、やがて三月（みつき）が過ぎる頃、王宮内だけでなく民の間からも、世継ぎの御子はまだなのかという声が聞こえてくるようになってきた。

ジャンメール宮には立派な庭園がある。

ミシェルは体調のよい時、何度か訪れていた。暑い地域に咲く見たことのない花々に魅了され、好奇心も刺激された。庭師たちが丹精込めた蘭（らん）やサボテンの花が多いが、砂漠地帯の花は、多くが春から秋にかけて咲くのだという。その中でまさに『砂漠のバラ』と称される、可憐な赤系の花がある。アデニウムというその花は、真っ赤だったり、花びらに赤いふちどりがあったり……多肉植物で、膨らんだ茎やちょっと面白い感じの葉のつき方に、ミシェルはたちまちその花が大好きになった。

「元々は砂漠の片隅に咲く花だ」

カイルの説明に、ミシェルは花びらにそっと触れながら答えた。

「暑さに負けず、一生懸命に咲くんですね。なんて健気なんでしょう。名前も素敵です」

「気に入ったのなら、ひと鉢届けさせよう。切り花にはできぬしな」

「本当ですか！」

　庭師に世話の仕方を訊ね、ミシェルは自分なりに『砂漠のバラ』を育て始めた。

（この国でも花を育てることができるんだ）

　方々から聞こえてくる『御子は』『孕まずのオメガでは』の声を背に、『砂漠のバラ』の世話はミシェルの心を癒やしてくれた。広い砂漠のあちこちで咲くという他の花も見てみたい。

「いつか、自分の手でこの花をたくさん咲かせたいです。アデニウムの花園ができるくらいに！」

「そうか」

　ミシェルの夢を、カイルは微笑みながら聞いていた。だがその微笑みはいつもよりも尊大で、何か意味あり気な感じがして――。

　数日後、ミシェルはまた床に伏していた。どうやら慢性的な熱中症に罹っているようなのだ。医師に告げられ、ミシェルは凹んでいた。一緒にこの国に来た者たちも、ハリスもすぐにここの環境に慣れたのに。

（本当にカイルさまに申しわけない。僕の体調のせいで）

この国の民だけではなく、故郷の父たちも世継ぎの誕生を望んでいるだろう。ミシェルは焦り始めていた。

体調は落ちついている日もある。一方で床から起き上がれないほどの日もあり、差がありすぎるのが難点だ。だが、言わなければ――とミシェルは思っていた。調子のよい日に、顔色のよい日に、僕は大丈夫ですからと。

それはミシェルにとって「抱いてください」というのと同じだった。后から誘うのは禁じられているけれど、体調がよくなったと言えばきっと……。このままだと、大事にされたまま年を取ってしまいそう。すでに、もうすぐ嫁いで半年になろうというのに。

（でも、今日は無理だな……）

もうすぐカイルが来る時間だ。せめて起き上がってお出迎えしよう。その方が、キス……もしやすいし。そんなことを考えながら、大きなクッションにもたれてミシェルは身を起こした。四隅の房飾りが美しく、ミシェルの好きな『砂漠のバラ』が一面に刺繍された絹のクッションだ。もちろんカイルがミシェルのために作らせたものだった。この国の歴史ある手仕事の技術は、本当に素晴らしい。

「ミシェル」

ハリスが扉を開け、入ってきたカイルを見てミシェルは目を瞠った。それはそれは見事な深紅のバラの花束を抱えていたのだ。ハリスも目を見開いている。

「バラを愛する我がミシェルに」

カイルにしか言えないような台詞と共に、バラを抱えたカイルの姿にミシェルは目を奪われ、惹きつけられて言葉を発することもできなかった。

白いカンドゥーラに映える深紅のバラ。ゴドラを被っていないカイルの黒い縮れ毛は肩にこぼれ、黒と深紅と白の饗宴を、どう言葉にすればいいのか。逞しい腕に無造作に花束を抱えた姿が、高貴でありながら野性的という、矛盾した色気を迸らせている。

ミシェルが呆けたかのように言葉を発しないことを、カイルはミシェルが喜びのあまり声が出ないのだと感じたのだろう。ふふっと満足そうに口角を上げて微笑む。彼なりに、ミシェルを驚かせようといういたずら心があったのかもしれない。

ミシェルはしばらく沈黙していた。最初はバラを抱える彼に見惚れて……確かにカイルの自分への思いに喜びも感じていた。だが、途中からはそのバラに思いを囚われて。

(この国にバラは咲かない。きっと、外国から取り寄せてくださったんだ。雫がついた、あんなに新鮮なまま、あんなにたくさん……)

ハーランドの品種ではない。故郷のバラは、もっとささやかで野バラに近いものだった。あの大輪は、もっと気候の穏やかな、遠い地方のものだ。

そのためにどれだけの労力とお金が使われたのだろう。民の税金からなる高価なものを、后としての務めも果たせない病弱な僕のために……。

考えたら、ミシェルは胸が痛くなった。——でも、カイルさまはただ、僕を喜ばせるだけのために大輪のバラを取り寄せてくださったのだ。

その思いは自分をごまかせなかった。ミシェルははっきりと思ってしまった。高価な花束よりも、僕は唇へのキスで十分なのに。

ミシェルの真意に気づかないカイルは、皮肉にもミシェルの心を裏づける。

「この国の風土には合わず、あまりもたないのだが、少しでもおまえの慰めになればと思ったのだ。ミシェルはバラを育てる名手なのだろう?」

ああ、愛しくて、そして心が通じないカイルさま……。

ミシェルは思った。こんなに愛しているのに、そして愛されているのに、僕の心と彼の心はこんなにすれ違っているのだ。

(言えばいい)

何者かが囁く。そのような贅沢なものはいらぬと言えばよい。言わねば伝わらない。

(でも、カイルさまは僕を思って……! そのお心を傷つけたくない)

(偽善者め)

最後の囁きは無視して、ミシェルは笑顔を作った。

「あり、ありがとうございます……あまりに驚きすぎて、声も出なかったのです」

それは嘘ではない。

「なんて美しい――。バラを持っておられるカイルさまからも目が離せなくて」

これも嘘ではない。

「驚かせたかったのだ」

カイルは心から嬉しそうな顔をしていた。王宮の誰が王のこんなに無邪気な表情を知っているだろう。そう思うと、ミシェルはせつなくてならなかった。

「本当に、驚きました」

すべて嘘ではない。だが……。

カイルはミシェルに花束を渡した。棘は抜いてある。いっそ、刺さった棘で僕の心から血が流れればいい。そして、花束はずっしりと重かった。

「あとで活けてもらうとよい。風通しのよいところにつるして水分を抜いた状態で保つこともできるらしいが、短い命を精いっぱいに咲かせている姿こそが美しいと思わないか？」

「カイルさまっ」

花束を抱きしめ、ミシェルは寝台の上に起き上がって、カイルの腰に縋りついた。愛しくて、どうしようもなくもどかしい人。僕は、わかり合えない思いに気づいてしまった

……。

「本当にありがとうございます。この目に、この心に焼きつけます」

「どうしたのだ？　そのように、みだりにおまえから抱きついてはならぬと言っただろう？」

以前は厳しく戒められたが、今のカイルはまんざらでもない様子で、優しく言い聞かせた。

「だって……」

あとは言葉にならない。もどかしさとせつなさが、涙となって青い目からこぼれた。

「そんなに嬉しかったのか？　バラが恋しかったのか？」

その涙に、カイルは満足を通り超して驚く。

「泣くことはないではないか」

節が太い、だが優しい指が涙を拭う。僕を喜ばせようと、優しいカイルさま。だが、どうしてもこのひと言は止められなかった。

「こんなにも高価であろうものを僕に……」

「無粋なことを言うでない」

怒らせた？　いや、諭すような口調だった。

「サラディーンの王にできぬことはないのだ。このバラを王宮中に敷き詰めることだって可能だ」

　彼は本当にやりかねない。ミシェルは曖昧に笑って否定した。

「ご冗談を……」

　ハーランドでバラを作っていた時も、こんなに大きな花束は見たことがなかった。花瓶に何本か活けるだけで、十分に美とかぐわしさをもたらしてくれたのだ。

「カイルさま、僕はあなたに何もお返しできていません。していただくばかりで」

（后としての務めも）

　ミシェルは俯いて、カイルに精いっぱい訴えた。

　僕の望みは、カイルさまに身も心も満足していただくこと。心は精いっぱいに思いを捧げている。でも身体は？　后から言うのは禁忌で、王の誇りを傷つけることにもなる。だが、もう辛い。早く抱かれたい。思い切りキスがしたい。されたい。うなじを噛まれたい。子を授かって『務め』を果たし、心に生まれた隙間を埋めたいのだ。

「……カイルさま、僕はもう大丈夫ですから」

　精神的に追い詰められて出てしまったその言葉を、カイルはやんわりと遠ざけた。

「こんなに熱を帯びた身体で何を言う」

「あのっ、でも、体調のよい日もあるのです」

「時間はあるのだ。十分に身体を休め、この国の風土に馴染むこと。私はおまえをこの世の何にも代え難く愛している。だからこそ、おまえを十分に労りたいのだ。私は待つから何も気にするな」

「あ、あの、お気遣いは本当に嬉しいのですが、僕がカイルさまに嫁いでもう半年。み、皆、お世継ぎを望んでいると思いますし、僕も、あの……」

「世継ぎの問題は今、おまえが気にすることではない」

彼の声は尖っていた。眉間は険しく、明らかに気に障ったようだった。カイルは白い衣装を翻し、部屋を出ていってしまった。

(怒らせてしまった……?)

ミシェルは上掛けをぎゅっと握りしめた。では、どう言えばよかったのだろう。このまま、僕の意志はどこへ行くのだろう。

(でも、バラの花束で心が昂ぶり、僕も冷静ではなかった……)

「王に逆らうなという感じではありませんか」

控えていたハリスが現れ、バラの花束を抱え上げた。包まれていた紙も優美で、おそらく東方のものだろう。ハーランドが輸出している紙は実用的なもので、東方の紙とは用途や種類がまったく違う。

「そんなことないよ、僕が悪いんだ」

「ミシェルさまのどこが悪いのか、私にはさっぱりわかりません」

ハリスははっきりと言い切る。

「半年も后を抱こうとせず、またこのような贅沢でごまかすとは。陰に活けますが、明後日までもつかどうか。このバラのためにどれほどの民が身を削って働いたことでしょう」

「やめてよ、ハリス。このバラにはなんの罪もないんだから」

だからこそ、短い命を存分に堪能して愛でてあげたい。――カイルが言ったように？

「私はこの国の風土には早く馴染みましたが、習慣や文化の違いというものは難しいですね。この前もザハムと衝突してしまいました。諦めて従うしかないのはわかっているのですが」

極彩色に絵つけされた豪奢な花器に活けられた大輪のバラは、それはそれは美しかった。心が痛むほどに。

「そんなこと言わないで仲良くしてよ……」

「努力はしています」

ハリスも、いろいろ気苦労や腑に落ちないことを多く抱えている。そんな彼を労うのも主の務めなのに。

（誰か、友だちが欲しいな）

他愛ない話ができて、笑い合うことができるような。サラディーンでのミシェルの世界は狭い。カイルと、ハリスと、あとはザハムと話すくらいの日常だ。カイルとはまた別に、心が許せるような誰か。

（御子を産むことができたらまた、僕の世界も変わってくるのかな）

カイルさまはしばらくお顔を見せてくださらないだろうな……ミシェルは咲き誇るバラを眺め、ぽつんと考えた。


ところが翌日、カイルはミシェルのもとを訪れた。ハリスがその場を辞すと、カイルは寝台に腰かけたまま驚いているミシェルを抱き寄せた。

「昨日は、世継ぎのことできつい言い方をした」

カイルは自分の非をきっぱりと認め、ミシェルの額に唇で触れた。何度も啄（ついば）み、髪を撫でて……まるで許しを乞うような。――本当に欲しいのは唇へのキスだけれど、昨日のこともあって不安だったミシェルは、ほっとして泣き出しそうになってしまった。

「カイルさま、もう二度とこんなふうにしてくださらないかと思っていました……」

「許してくれるか？」

「ぼく、の方こそ……あ！」

くすぐったくて思わず肩を竦める。カイルとのすれ違いに気づいてしまっても、戯（たわむ）れのような触れ合いが嬉しい。

顔を離したカイルは、なんだか気まずそうだった。太陽神と崇められるカイルが、こんな顔もするのだ。諸々緊張していたミシェルの心は、その表情で十分にほぐれていた。こつん、と額が合わさる。二人はそのまま見つめ合っていたが、ややあって、カイルが口を開いた。

「世継ぎのことは誰かに言われたのか？」

「いいえ、そういうわけではありません。僕の早計でした。ただ」

「ただ？」

カイルは続きを促すように、ちゅっとミシェルの指先にキスした。爪の先から第一関節まで。その感覚が官能的で、ミシェルは胸を熱くしながら思いを口にしてしまう。

「ただ、僕が、あなたの御子を孕みたくて……」

それは確実にカイルにとって殺し文句のようだった。ミシェルも「抱いてください」と言ってしまったと同じで、カイルは天井を仰ぎ、ミシェルは目を伏せた。

（ど、どうしよう）

焦りまくっていたミシェルは、カイルに肩を抱かれたままシーツの上に横たえられた。

初夜以来、共に同じシーツに伏したのだ。

（カイルさまがこんなことをされるなんて……）

このまま奪われてしまいたい。奪ってくだされぱいいのに。

思わず言ってしまったこともあって、胸の高まりは抑えようもない。カイルはミシェルを腕枕に収めた。この角度からカイルを見るのは初めてだ。攫われた時に馬上で抱きしめられたのとも、ふんわりと腕に収められるのとも違う。

「なんと可愛いことを言うのだ。私は心臓が止まりそうになって、少々取り乱してしまった」

それは本当なのだろう。カイルは照れ隠しのように、いつもと違う角度でミシェルの額にキスを落とす。ミシェルはもっと近づきたくて、離れていこうとした唇に願った。

「も、もう一度、キスしてください」

唇に、とは言えなかったが、もしかしたら……という想いもあった。まるで賭けに出たような。

どこまで、こういう甘えが許されるのだろう……以前、叱られたこともあったけれど。

思いながら、ミシェルはカイルの目を見つめる。

「ぼ、僕の方からこんなことを言って申しわけありません。でも、もう、来てくださらないかと思っていたから嬉しくて……」

はははっと笑い、カイルはミシェルの鼻を指でちょん、と突いた。そして、その鼻先にキスをする。

「男オメガは最初の交わりで、ほぼ子を孕むという。それは喜ばしいことだが、私はもっとおまえと蜜月を過ごしたいのだ。父と母になる前にもっと、恋人同士のように。だが一方で、早くおまえを抱きたいとも思っている。矛盾しているようだが」

「本当ですか？」

ミシェルは思わず目を見開いた。今、カイルさまは僕を早く抱きたいと言った……？

答えの代わりのキス。今度は耳朶に。カイルは囁いた。

「だから、早く元気になれ」

「はい」

ミシェルは心のありったけを込めてうなずいた。嬉しかった。カイルは自分に『性的な欲情を抱かないのではないか』とまで思い詰めていたから。

（アルファにそれだけの抑止力が働くのはおかしい。オメガとして屈辱ではないのか？）

再び、心の中で何者かが囁く。

――おまえこそ、まだ一度も彼の前で発情していないではないか？

指先が触れるか触れないかの距離で彼の胸に寄り添いながら、ミシェルはぎゅっと目を閉じる。僕の幸せに水を差さないで。ミシェルは心の中で叫んでいた。

嫁ぐ前の最初のヒートから、確かにずっとヒートがこない。

環境が変わったり、長く体調を崩しているから？

気がついてしまったミシェルは悶々としていた。ハリスは気づいているだろうが、あえて口にしないのだろう。なんてことだ。こんなに大切なことを見落としていたなんて。

（もしかしたら、カイルさまはそれで……？）

＊＊＊

今日は体調がいい。ミシェルはバルコニーの日陰で涼んでいた。日が落ちるとぐっと気温も下がるのだが、黄昏時のこの時間が最も過ごしやすい。王宮の庭が次第に薄暗くなっていく様を眺めるのがミシェルは好きだった。城の外壁がだんだんくすんだ金色に変わり、亜熱帯の植物たちが花を閉じる。ぎらついた光に疲れた目が癒やされるひとときだ。

だが、今日のミシェルはそうではなかった。ヒートのことを考えていたからだ。カイルに贈られたバラは乾かす前に花びらが落ちてしまい、ミシェルはより淋しさを感じていた。

ミシェルの部屋は中二階にあり、バルコニーが外へと張り出している。その時、バルコニーの脇のヤシの葉がカサッと動いたかと思うと、小さな黒いものがぴょこんと現れて引っ込んだ。

（うさぎ？）

いや、そんなはずはない。ハーランドではよく茂みからうさぎが現れたからそんなことを思ってしまったが、サラディーンにはうさぎはいないらしい。砂漠の東部にはスナネズミという小動物がいると聞いたが、ここにはいない。

じゃあ猫かな。猫ならば王宮でも飼われているし、どこかの部屋から逃げ出したのかも。みんなとっても上品で、金の首輪などをしている。

スナネズミでも猫でもいい。側にいてほしいとミシェルは思った。カイルに言えば、すぐにでも美しい猫を与えてくれるだろうが……。

（でも、それは違うんだ）

小さなお客人に心の内をただ聞いてもらって、身体にすりすりできたら……。ミシェルは呼んだ。

「おいで」

ヤシの葉は動かない。ミシェルは立ち上がり、もう一度呼んだ。

「おいで。怖くないよ。何もしないよ」

すると、葉の中から黒いものが頭を現した。バルコニーをよじ上り、頭だけでなく全身を現した。

「えっ？」

ミシェルは驚いた。それは、黒い髪をした小さな男の子だったのだ。ボタンがついたカンドゥーラを着ている。六歳か七歳くらい？　男の子は、とことことミシェルの近くまでやってきたかと思うと、手を伸ばしてミシェルの金色の髪をひと房、手に取った。

「きんいろ、きれい」

「あ、ありがとう……」

「きれい」

繰り返して、男の子は恥ずかしくなったのか、ぱっとミシェルの髪から手を離した。そして、ミシェルを見つめてくる。

「髪を褒めてくれてありがとうね。僕はミシェルだよ。君の名前、教えて？」

だが、男の子はミシェルに背を向けてバルコニーを下りようとする。

「明日もおいでよ！　お菓子を用意してしておくよ。待ってるからね」

ミシェルは何も言わない小さな背中に呼びかけた。

そして次の日、男の子は昨日よりも少し早い時間に訪れた。同じようにヤシの葉から顔を出し、こちらをうかがっている。

（恥ずかしいのかな？）

にこっと笑って、ミシェルは彼を手招いた。

「出ておいでよ。一緒にお菓子を食べようよ」

するとまたバルコニーを上り、とことこ歩いてくる。

「こんにちは」

ミシェルが膝を折って挨拶すると、男の子は黙ったまま、こくんと頭を下げた。昨日よりも恥ずかしそうだ。彼の表情の変化が可愛くて、ミシェルは思わず笑顔になる。

「きれい」

昨日と同じようにミシェルの髪をひと房、手に乗せる。

「きらきら」

太陽を指差し、同じだと言う。その賛辞が嬉しい。名前を教えてほしいけれど、萎縮させてはいけないから……。ミシェルは、カイル以外の者との触れ合いが嬉しくてこのひとときを大切にしたかった。

「お部屋に入ってきて」

ミシェルは小さなお客さまの来訪にそなえ、お茶のテーブルを用意していた。椅子に座った彼は、テーブルの上を見て目を丸くしている。ハーランド風の小麦色の素朴な焼き菓子が皿に盛られている。まる、さんかく、ひし形などのビスケットに、ミルク、バターを塗った薄いパン。彼が知っているお菓子は、こってり糖蜜がかかったパイや、鮮やかな色のジャムを詰め込んだタルトだろうから、めずらしかったのだろう。

(気に入ってくれるといいいな)

小さなお客さまはビスケットをひと口食べるとほっぺを押さえ、口元をほころばせた。

「好きなだけ、どうぞ」

その言葉を待っていたかのように、ぱくぱくと口にする。パンも気に入ってくれたようだった。

（お腹がすいていたのかな？）

あまりに彼の食べっぷりがいいので、一方で、夕食が入らなくなってしまうのではないかとミシェルは心配になった。だが、こんなに美味しそうに食べてくれる姿を止められなかった。サラディーンのものを食したいと普段は思っているミシェルだったが、こうして故郷のものを喜んでもらえるのはとても嬉しかった。

（カイルさまも一緒に食べて、美味いと言ってくださるけれど）

美食に慣れた彼にはもの足りないだろうに……。ふと、カイルのことを考えている自分に気づく。一方、お菓子を堪能した彼は、ミルクで喉を潤したあと、所在なげに足をぶらぶらさせていたが、やがて、すっと立ち上がった。

「ごちそしゃま」

ぺこりと頭を下げて、彼はそう言ったのだ。驚いたミシェルは、声を聞かせてくれたことに感動して彼を抱き寄せた。

「いつでもおいで。ううん、遊びに来て。お菓子も食べてね」

こくんとうなずき、彼は来た時と同じようにバルコニーからヤシの木を伝い下り、左手の方に駆けていった。

王宮の右側は使用人たちの居住区で、左側は、王家の親族たちが住んでいる。使用人の子どもかなと思っていたが、幼いながらにしっかりときれいなカンドゥーラを着ているし、貴族の子どもなのだろうか。だが、王宮に馴染んでいないような雰囲気を感じるのだ。

(明日も来てくれるかな……)

期待していたミシェルだったが、次の日は微熱が出て身体が怠く、床に伏してしまった。

「しばらく調子がよかったのに、疲れが出たか……朝晩の気温差が大きくなってきたからな。健康な者でも風邪をひきやすい時期だ」

カイルがいつものように、額こつんで熱を測ってくれた。唇へのキスはないけれど、心は慰められる。カイルは外交でここ数日留守にしていたのだが、帰ると同時にミシェルのもとを訪れたのだった。

いつもと違う、黒いゴドラとカンドゥーラに革のブーツ。軍事的な交渉の時に着る衣装だ。黒装束の彼は、野性的な魅力を発散していて、やっぱり見惚れてしまう。

横たわったミシェルの上掛けを直し、カイルは寝台の脇に腰かけて、長い脚を組んだ。

「留守中、何か変わったことはなかったか?」

カイルは優しく訊ねるが、実は二人の間には、どこかぎくしゃくとした雰囲気があった。

世継ぎのことで衝突してからだ。言葉の上で仲直りはしたけれど……自分と同じように、カイルもどこか構えているような感じがある。

(そうだ、あの子のことを聞いてみよう。何かご存じかもしれない)

子どもの話ならば、この雰囲気も和むのではないか。ミシェルは床からカイルを見上げた。起き上がるくらいはできるのだが、カイルに止められるのだ。

「ああ、それはきっとシャリーンだろう」

ミシェルの話を聞き、カイルは即答した。心なしか、その名を口にした表情が穏やかだ。

「シャリーン……可愛い名前ですね」

弾むようにミシェルが答えると、カイルはうなずいた。

「あれは、私の乳母の孫なのだ。娘夫婦である両親が相次いで病で亡くなって、乳母も年老いて世話ができずにいるゆえ、私が王宮に引き取ったのだが……」

ふと、カイルの表情が翳(かげ)る。高齢の乳母は寝たきりになっており、カイルが引き取って世話をさせているという。

「親を亡くし、祖母からも離されて淋しいのか、王宮に馴染めないのか、自分の殻に閉じこもって心を開いてくれぬ。私の顔を見れば逃げていくし、反抗しているのかほとんど口を利かず、食事もあまりとらないそうだ。乳母は私にとって母も同然、だからその縁の者を大切に育んでいきたいのだが」

カイルは明らかに淋しそうで、シャリーンを案じ、困っているようだった。いつも王者然とした彼が、めったに見せることのない表情だ。

「そうだったのですね。確かに、馴染んでいない感じではありました」

食事も……。だからあんなに喜んでお菓子を食べていたのか。

「だが、あれはミシェルには口を利いたのだな?」

「はい、僕の髪を『きんいろ、きれい』と言ってくれました」

「そうか、おまえには心を開いたのだな……きっとミシェルの純粋な優しさが伝わったのだ」

カイルはしみじみと言う。

「シャリーンも、友だちが欲しかったのかもしれません」

どこか似たもの同士のような雰囲気を感じ取ったのかもしれない。そんなことを思い、ミシェルは言ってしまった。とたんにカイルの眉根が寄せられる。

「友だち？　おまえは友だちが欲しかったのか？」

私がいるではないか——黒い目が語っている。失言だった……と反省しながら、ミシェルは一生懸命、言葉を選んだ。

「もちろん、僕にはカイルさまがいて、とても大切にしてくださっているけれど、あの……」

ああ、なんて言えばいいんだろう。これほど愛されているのにどこか淋しいのは本音ではあるが、こんなふうに言うつもりはなかった。

「カイルさまがおられない時は淋しくて、そんな時、とりとめのないことを話したりできる相手がいれば……と思っただけなのです」

正直なようで、取り繕ったような。ミシェルは居心地悪く感じたが、カイルは少々複雑さを残した笑い顔で、ミシェルの枕元へ身を寄せた。

「そうだな。それは当然だ。ハリスも話し相手だけしていられるわけではない。私が留守の時におまえを癒やす道化や動物を用意すべきだった。何がよい？　なんでもすぐに用意する」

（違う、そうじゃなくて……）

ミシェルは目で訴えた。だが、カイルには伝わらない。愛していたって言葉にしなければ伝わらない。人の気持ちはそんなに都合のよいものではないのだ。

だが、言えない。いつもの迷路に入り込んでしまう。それでもミシェルは真摯に自分の思いを伝えた。

「カイルさまのお心は嬉しいですが、僕はもっとシャリーンと仲良くなりたいです。年は離れているけれど、カイルさまも一緒に、よき関係を築けたら嬉しいです」

「私とシャリーンの仲立ちとなってくれると？」

話が元に戻った。カイルは心なしか目を輝かせている。その顔を見て、ミシェルは茶目っ気を込めて答えた。

「カイルさまは、もっとシャリーンと仲良くなりたいと思っておられるのですね？」

片目を瞑ってカイルを見上げる。

「も、もちろんだ。大切に育もうと思って引き取ったのだからな」

何人をも圧倒するという、サラディーンの太陽王は少々うろたえていた。

（あれ、カイルさまの顔が赤い？）

あとでハリスが「あんな顔もされるのですね」と語ったほどだ。

「では、僕に任せてくださいますか？」

すれ違いそうになった心がまた戻ってきたのだ。ミシェルは楽しく、そして嬉しくなってきた。

「まずはきっかけを作ります。それから、三人でお茶会などしてはどうでしょうか？　僕に馴染んでくれているのならば、普段の食事も一緒にしたりとか」

「ずいぶん嬉しそうだな」

「はい！」

ミシェルは目を輝かせる。

「僕にもカイルさまのお役に立てることがあるのだと思うと、嬉しいのです」

「何を言う。おまえはいてくれるだけで私の生きがいなのだ」

――では、なぜ抱いてくださらないのですか？　唇にキスをくださらないのですか？

湧き起こった気持ちを呑み込み、ミシェルはカイルを見上げた。

顎を捉えられた。こうやって少々強引に上を向かされると鼓動が高まる。もしかしたら……と期待してしまうのだ。

唇はいつものように額に落ちた。ただ、いつもより長いような気がする。額に触れる唇の熱さもまた……。

――このまま、組み敷いてくださってもいいのに。

――だめ、そんなことをされたら、自分から身体をひらいてしまいそう……。后から行為を誘ってはならないのは、わかって、いるけれど……。

オメガとしてアルファの身体を求めているだけではない、それ以上に、心がカイルとのその時を求めてやまないのだ。それが苦しい。組み敷かれた自分を想像したら下腹がずくんと疼き、思わず声が漏れてしまった。

「……や」

カイルは唇を離し、目を逸らす。

「今日は具合が悪いのだったな」

――本当にそれだけですか。他に理由があるのでは。お世継ぎのことも合わせて……。

だったら、思わせぶりにいつもより長いキスなんかしないでほしい。額だけれど……いいえ、止めないで。あやすようなキスだけだとしても。

（それすら失ったなら、僕は本当にただの人形になってしまう）

心が嫌な方向に傾きかけて混乱する。楽しいことを考えよう。シャリーンとカイルさまが仲良くなれるように。それが今、僕がカイルさまにできることだから。

「年中夏のような我が国だが、短い間、秋もあるのだ。その頃はいくらか過ごしやすくなるゆえ、きっと元気になれる」

唐突に、取ってつけたようなことを言う。その尊大な表情の奥、小さな戸惑いが見えることに、ミシェルは気づくようになっていた。

かちり、と歯車がずれる音が聞こえた。


思い悩む日々ではあるが、シャリーンとカイルの仲立ちをしようという計画は、ミシェルの心に張りを与えてくれた。心に伴って、体調もいい感じがするのだ。

塩とライムが入った水分をこまめに摂り、慢性的な熱中症はよくなってきている自覚はある。汗もかくようになってきた。顔色がいい日も増えて、ハリスも胸を撫で下ろしている。

「このまま床に伏しておられるならば、背負ってでもハーランドに帰る所存でした」

ハリスは真面目な顔で言った。冗談ではないのだ。命に代えてもと、ずっと仕えてくれている彼ならばやりかねないことだった。

「もし、ザハムに見つかったら？」

茶目っ気を込めてハリスに訊ねると、彼は胸を張った。

「もちろん剣で勝負します。彼もサーベルの名手らしいですが」

ハリスもまた、相当の使い手なのだ。いつか叶(かな)うならば彼らの仕合を見てみたいと思う。もちろん、命をかけない競技としてだ。

そんなことを考えてくすっと微笑んでいたら、バルコニー脇の植え込みがざわざわと動き、黒い頭がぴょこんと見えた。シャリーンだ。

「いらっしゃい、シャリーン」

シャリーンはバルコニーをよじ上っている。部屋からおいでと言うのだが、相変わらず外からやってくるのだ。

「ミチェル、こにちは。ハリシュ、こにちは」

最近はハリスにも挨拶するようになったが、ミシェル、ハリスとは言いづらいようだ。だが、名前を呼んでもらえるようになったのは嬉しい。言葉も少しずつ増えてきて、あどけない口調も可愛い。

シャリーンは両親と共に砂漠向こうの少数民族の村で育っていて、サラディーンの公用語ではない、独特の言葉を使っていたらしい。だからまだ、言葉が心許ないのだとカイルが言っていた。

それでも、この国の言葉を一生懸命片言で話そうとするのがいじらしい。シャリーンなりに、ここに馴染もうとしているのではないか。ミシェルはそんなふうに思った。

初めてミシェルがシャリーンの名前を呼んだ時、彼はとても驚いた顔をしていた。

「カイルさまに教えてもらったんだよ」

「カイル、しゃま」

つぶらな黒い瞳が戸惑っていた。ミシェルは優しく語りかける。

「カイルさま、知ってるよね」

「こわい」

「カイルさまが怖いの？」

ミシェルは少々驚いて問い返した。だが、シャリーンの真面目な顔を見ていたら、いつも王者然として体格の大きなカイルは、確かに子どもからは怖く見えるかもしれないと思った。にこっと笑いかけ、ミシェルはシャリーンをよいしょと膝の上に抱き上げた。シャリーンは驚いていたが、やがてそっとミシェルに身体を寄せてきた。

「あのね、カイルさまは全然怖くないよ。とっても優しい人なんだよ」

「やさし？」

シャリーンは首を傾げる。ミシェルはうなずいた。

「優しい人じゃなければ、おばあちゃんのお世話をしたり、シャリーンをお城に住まわせたりしないよ」

言葉を選び、サラディーン語に慣れていないシャリーンにもわかりやすいように説明する。だが、ただでさえ人の心を伝えるのは難しい。それでもミシェルはシャリーンがカイルに心を開くようにと願って、伝えた。

「カイルさまが赤ちゃんの時からずっと、シャリーンのおばあちゃんがカイルさまをお世話してくれてたんだって。カイルさまはおばあちゃんのことが本当に大事で、大好きなんだ。だからシャリーンのことも大事だし、大好きなんだよ」

伝わったかな？　とミシェルはシャリーンの答えを待った。

「カイル、しゃま、おばあちゃん、しゅき？」

「うん」

ミシェルは大きくうなずく。

「シャリン、だいじ？　シャリン、しゅき？」

ミシェルはぎゅっとシャリーンを抱きしめた。やはり痩せ細った小さな身体だ。

「そうだよ。そして僕もだよ。シャリーンとカイルさまと僕と、三人で仲良しになりたいんだ」

ミシェルの肩口に顔を押しつけていたシャリーンは、こくんとうなずいた。嬉しくって、ミシェルはシャリーンをもう一度ぎゅっとする。

「だからね、お食事もちゃんと食べないとダメだよ。カイルさま、心配してるよ」

「わかたよ」

シャリーンはミシェルの肩に顔をすりすりとした。温かいものが胸に満ちていく。カイルに触れられる時とはまた違う、せつなさを含んだ幸福感だ。

(誰かを抱きしめるっていうのも、こんなに幸せなことなんだな……)

——僕も、あの方を抱きしめたいな。

ああ、やっぱりカイルさまのことを考えてしまう。ミシェルはくすっと笑って、シャリーンの髪を撫でた。カイルと違って短い髪がうねったり、あちこち跳ねてくせっ毛なのが新鮮だった。

その夜、夕食のテーブルで、ミシェルはカイルに今日の様子を伝えた。カイルは時間の許す限り、ミシェルと食事を共にする。ミシェルが食べているハーランド式のものだ。

「それで、お茶会をしたいと思うのです」

ミシェルはうきうきしていた。カイルもそんなミシェルを見て、穏やかにワインのグラスを傾けている。

「ハーランドのこのワインは本当に美味い」

「ありがとうございます」

「……で、酒ではなく『お茶会』なのだな」

「あっ！」

しまった、ミシェルは口を押さえた。大人の男のカイルにお茶会などと。自分の考えの幼さにミシェルは呆れてしまった。

「い、いいえ、もちろんカイルさまにはお酒をご用意します。サラディーンのお酒か、お気に召したのならば、このワインでも……あの、どちらでもお好きな方で」

慌てふためくミシェルをカイルは楽しそうに見て、真鍮製のグラスを手のひらで揺らした。

「お茶会でよいではないか。シャリーンが主役だろう？　それに、私は三人で甘い菓子と好きな紅茶を味わって、シャリーンと話せれば幸せだ。おまえが側にいてくれるから……任せてしまってすまなかったな」

「いいえ、いいえ！」

ミシェルは真っ赤になって答える。カイルはさらに楽しそうに笑った。

「しかし、先ほどのおまえの慌てぶりはどうだ。元気になってきたのだな……嬉しかった」

　カイルの笑顔が嬉しくて、ミシェルは確かめるように訊ねる。

「お、面白かった、の間違いでは……」

「いや、嬉しかった。そして何よりも可愛かった」

（本当に……？）

　席から立ち上がったカイルに頭を抱き寄せられる。いつもより濃い接触だ。ミシェルは思わずにいられなかった。

　――では、もしかしたら、もうすぐ……？

　胸に添えた手から伝わるカイルの鼓動は、心なしか速い感じがした。


　そうしてほどなく。

　ハーランドの菓子とサラディーンの菓子が賑やかに盛られたテーブルに、三人が集う日がやってきた。ミシェルの部屋でのお茶会だ。

「シャリーン、元気にしているか？」

　シャリーンはミシェルの服を掴んで後ろに隠れ、少しだけ顔を覗かせている。カイルはそんなシャリーンに、膝をついて話しかけた。

「陛下が平民の子どもに膝をつかれるなど、なりません！」

口を挟んだザハムを、カイルは険しい目つきで戒める。（ほらみろ）という感じでハリスはザハムを部屋の陰へと引っ張ってミシェルに目配せをした。ご安心を、と伝えている。

再びシャリーンを見た時のカイルは笑顔に戻っていた。

（カイルさまのお顔、優しいな）

自分は何度も見たことのある顔だけれども、包み込まれるような雰囲気が、また違うと感じる。

「カイル、しゃま」

話しかけられたのは初めてだったのだろう。カイルは目を見開き、そして優しく細めた。

「ああ、なんだ？」

「シャリン、しゅき？　おばーちゃん、だいじ？　シャリン、だいじ？」

カイルは即答する。

「好きだとも。シャリーン、大好きだ。二人とも、とても大事だ」

その時、驚くようなことが起こった。シャリーンがミシェルの後ろから出てきたと思ったら、カイルの首にぎゅっと抱きついたのだ。

「シャリーン……」

宙に浮いていたカイルの両腕は、やがてシャリーンの背を抱きしめ、そして立ち上がった。抱き上げられてもシャリーンは嫌がらず、嬉しそうに黒い目と目を合わせている。

(よかった)

二人は、ほんのわずかな時間で心を通い合わせたのだ。だが嬉しい一方で、ミシェルはシャリーンをうらやましく思った。僕たちは、どこかすれ違い……いや、どこか食い違ったままなのに、二人はこんなに早く心を寄せ合って。

「ありがとう。ミシェル」

万感こもったようなカイルの声に、ミシェルは「はい」とうなずいた。自分の心がどうあっても、カイルの幸せそうな顔を見るのは嬉しかったから。

「さあ、お茶にしましょう!」

この場を盛り上げようと、ミシェルははしゃいだ声を上げる。

たくさんのお菓子や軽食を前に、シャリーンはミシェルとカイルの間に座って、終始にこにこしていた。

(こんなによく笑う子だったんだ……)

ミシェルは改めて驚いていた。

ハーランド以外のお菓子では、サラディーンのものに混じって、シャリーンが暮らしていたという部族のお菓子もあった。カイルが特別に作らせたのだろう。その、誰に言うで

もないさりげない優しさに、ミシェルは胸が熱くなる。

「おいし」

ぱくっと頬張って、シャリーンは本当に嬉しそうだ。ミシェルとカイルは、その可愛らしさに目を合わせて微笑んだ。

この日をきっかけに、三人は一緒に食事をしたり、お茶の時間を楽しんだりするようになった。カイルは時間の許す限り顔を出したし、カイルがいないと、シャリーンは、

「カイルしゃま?」

なぜ来ないの? とミシェルに訴えてくる。

二人の間のぎくしゃくした硬い空気は、シャリーンによって柔らかくなる。彼がいない時でも、二人でシャリーンのことを語り合えば楽しかった。背が伸びたとか、血色がよくなってきたとか、よく笑うようになったとか——そして、カイルの幼い頃の幸せな思い出は、乳母だったシャリーンの祖母につながっている。

ある夜、二人はバルコニーで三日月を眺めていた。ミシェルは、目を細めて月を見上げる。

「そういえば、前の三日月の時、シャリーンが『ねこのちゅめ!』って指差してました。

「ああ、そうだな」

カイルは穏やかに答え、ミシェルの髪に触れる。さらさらともてあそび、毛先にキスを

して、カイルは言った。

「私も乳母に教えてもらったのだ。かの部族では、三日月をそう呼ぶらしい」

「そうなのですね。僕の国では、三日月が傾くと幸せが零れるからといって、幼い頃は姉たちとカゴを持って大騒ぎしていました」

「今もすればよいのに。月の下で大騒ぎするミシェルを見てみたい」

「カイルさまっ」

二人は笑い合い——そうして、カイルは、ぽつぽつと思い出話を語り始めた。

「産みの母は、私が王になることを思って厳しかった。膝に座った覚えもない。父上には何人も妃がいたし、その子どもたちと並ぶのも嫌だった」

早くから王位継承者として決まっていたからなのだろう。浴びせられる視線が居心地悪くて、時にはあからさまな嫌がらせをしてくる者もいたという。

今まで聞いたことのなかった、子どもの頃の話だ。ミシェルが知っているカイルは十四歳でもう立派な王子だったから、そんな頃があったなんて信じられなかったが、胸が痛んだ。自分のことのように悔しくて涙を堪えるミシェルの肩を、カイルはそっと抱き寄せる。

「私のために悲しんでくれるのか?」

「だって、カイルさま……っ」

「理不尽な目に遭うたびに私は乳母の膝で泣いたものさ。彼女はただ私の悔しさに共感して、髪を撫で続けてくれた。そして、部族の子守唄を歌ってくれると、私は安心して寝入ってしまう。そのうちに、そんな奴らなど視線ひとつであしらえるようになったがな」

「今のシャリーンくらいの頃でしょうか」

そうだな、とうなずきながら、カイルはミシェルの顎を親指だけでくいっと上げた。二人の中には、もうシャリーンはいない。月の光が降り注ぐバルコニーで、カイルはミシェルの顔をしみじみと見た。

「この頃、本当に顔色がよくなってきた」

上を向かされると、キス待ち顔になってしまう。きっと今も…ミシェルは高鳴る鼓動に耐える。だが、キスは訪れない。

「シャリーンと軽く散歩をすることが増えたので、体力も筋力もついてきたのではないかと思います」

「それは素晴らしいな」

「医者が、床上げも、もうすぐだろうと……」

厚い胸は触れられる距離にあって、見つめられ続けているのだ。それだけ言うのがやっとだった。

「……では、ここで無理をしてはならぬな」

無理とはどういう意味なのだろう。いくら言葉を殺しても、目は訴えてしまう。僕はも

POSTCARD

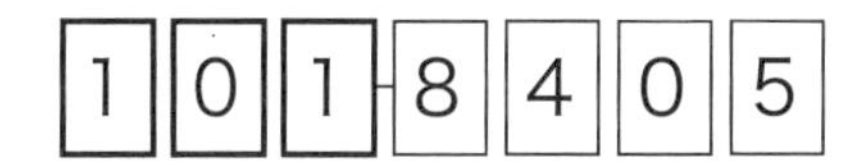

東京都千代田区
神田三崎町2-18-11

二見書房
シャレード文庫愛読者 係

通販ご希望の方は、書籍リストをお送りしますのでお手数をおかけしてしまい恐縮ではございますが、**03-3515-2311までお電話くださいませ。**

<ご住所> □□□-□□□□

<お名前> 様

<メールアドレス>

＊誤送を防止するためアパート・マンション名は詳しくご記入ください。
＊これより下は発送の際には使用しません。

TEL		職業／学年
年齢　　代	お買い上げ書店	

Charade 愛読者アンケート

この本を何でお知りになりましたか？

1. 店頭　2. WEB（　　　　）　3. その他（　　　　）

この本をお買い上げになった理由を教えてください（複数回答可）。

1. 作家が好きだから（小説家・イラストレーター・漫画家）

2. カバーが気に入ったから　3. 内容紹介を見て

4. その他（　　　　）

読みたいジャンルやカップリングはありますか？

最近読んで面白かったBL作品と作家名、その理由を教えてください（他社作品可）。

お読みいただいたご感想、またはご意見、ご要望をお聞かせください。

作品タイトル：

ご協力ありがとうございました。
お送りいただいたご感想がメルマガに掲載となった場合、オリジナルグッズをプレゼントいたします。
HPのご意見・ご感想フォームからもアンケートをご記入いただけます ➡

う大丈夫です。抱いてください、触れてください……。カイルの表情は、月の影に隠れてよく見えない。

離れていこうとするカイルの袖を、ミシェルがぎゅっと摑んだ時だった。

「アジャ！」

カイルの傍らに、鷹が舞い降りた。足に紙が結んである。急ぎの知らせだろうか。

「こんばんは、アジャ」

ミシェルが挨拶すると、アジャはミシェルの方を見て、頭をきりっと持ち上げて応えてくれた。その側で、カイルは読み終えた文書を懐にしまった。

「火急の用が入った。私はすぐに戻らねばならぬ」

ミシェルを抱き上げてベッドに運ぶと、カイルは優しく囁いてくれた。

「身体が冷えただろう。ゆっくりおやすみ」

カイルが退出し、部屋が急に薄ら寒くなる。侍従たちがバルコニーへの出口をしまい、幾重にも布をかけて、月の光は届かなくなってしまった。

「おやすみなさいませ」

侍従が退出したあと、ミシェルは夜具の中でしのび泣いた。今夜は毛先へのキスだけ。額へのキスすらしてもらえなかった。

――僕は、どうして抱いてもらえないんだろう。

シャリーンと三人で過ごすうちに、ここに御子がいたら、どんなに幸せだろうと思うようになった。贅沢になってしまったのだ。

（どうして僕は、男でありながら子を孕むオメガに生まれたんだろう）

抱いてもらえすらしない、ヒートもこないのに。

4

秋とはいっても名ばかりで、昼間は相変わらず砂漠に太陽が照りつけている。そして、昼夜の寒暖差がより大きくなった。黄昏時など、羽織るものがないと震えてしまうくらいで、これがサラディーンの秋なのだ。

だが、ミシェルは夏を乗り切り、やっと医師から床上げの許しが出た。周囲にも顔色がよくなったと言われることが増え、もちろんカイルも喜んでくれた。

「祝いだな」

カイルは満足そうに、ハーランドから送られてきた初物のワインを飲み干す。ミシェルもほんの少し、お相伴にあずかった。

「お祝いだなんてそんな」

「私のミシェルが床上げしたのだ。こんなにめでたいことがあるか」

カイルと過ごす夜のひとときだ。さっきまではシャリーンが一緒にいて、カイルに子守唄をねだった。その子守唄はカイルが繰り返し乳母に歌ってもらったもので、王宮で歌えるのはカイルだけなのだ。

「カイルしゃま、おうた！」

(カイルさまにおねだりできるなんてすごいな)

子どもの特権というのか……。僕もシャリーンみたいに子どもっぽくおねだりしてみようか。やっぱりだめだ。ここは、たとえ后であっても王を閨に誘うなど、許されない国なのだ。

――いつか、好きなだけ愛を求め合えるようになれればいいな。まだ初床さえ共にしていないのに。そんなことを思う間に、カイルは楽器を取り出す。ウードという、弦をつま弾いて音を出す、この地方の代表的な楽器だ。

『カイル陛下はウードの名手であらせられます』

ザハムが言っていたが、かなり興が乗らないと奏でることはないということだった。だがシャリーンの求めには応じ、カイルはウードを奏でながら砂漠の少数民族の歌を聴かせてくれるのだ。

「おまえたち、二人にだけだ」

カイルはいつも不敵に微笑む。その素晴らしい音色はミシェルの心を癒やす。いつまでも聴いていたいと思う。シャリーンが寝入ってしまうと、カイルはミシェルのためだけに歌い、奏でてくれる。それは至福のひとときだった。

「なんという意味の曲なのですか」

「愛の歌だ」

そんなことを堂々と口にしながらも、変わらず身体の接触は挨拶のような、あやすようなキスだけ。だが、今日はもしかしたら。

ミシェルには一縷の望みがあった。カイル自ら、床上げの祝いだと言っているのだから……。ミシェルはどきどきしながらカイルに寄り添う。

「何が欲しい？」

だが、カイルはそう言った。欲しいのはあなた自身なのです。オメガの本能が、そしてミシェルのカイルへの思いが、じわじわと炙り出されそうだった。

「僕はもう、十分に満たしていただいています。ただ、カイルさまのお側にいられたらそれで……」

自分では際どいことを言ってしまったと思ったが、カイルの泰然とした笑みは変わらない。

「おまえの望むものを叶えるのが私の幸せなのだ。食べたいものはあるか？　見て見たいものは？　それとも故郷のものが恋しいか？　私はおまえの笑った顔が見たいのだ」

(僕はそんなに笑っていないのかな?)

いや、決してそんなことはないのだ。カイルに向けて心の底から湧き上がってくる愛しさや、共にいられる喜びは心に留めれず顔に出ている。それは自分でも恥ずかしいほどにわかる。

金品を、望むものを与えることが愛だという価値観の違いは頭ではわかっているつもりだ。この国で王は太陽神そのものなのだから。王に、神に愛されるということ。意図せぬ方向で注がれる愛に淋しさを感じてしまう。僕は、后としての最初の務めも果たしていないというのに……盛大なすれ違いはこの先もずっと続くのか。

『ウードで愛の歌を捧げられるなど、陛下は私が思っている以上にあなたを愛されているようです』

無表情のザハムにそう言われたことがある。表情が動かなすぎて、愛の話をされているのに、まるで説教をされているような感じだった。だから、あなたも愛をもって陛下にお仕えしてください。ザハムはきっとそう言いたかったのだろう。

(ザハムがもっと明るく言ってくれたら……)

そう思わずにいられない。だが、ザハムはカイルの愛を述べているのには違いないのだ。

ミシェルは縋るようにザハムの言葉を頼りにする。

(僕は、愛されている。でもそれならばなぜ……)

辿(たど)り着くのはその一点だ。

「僕は、こうしてあなたの側にいられるだけで幸せなのです」

(ただ、抱いてくださったならもっと)

ミシェルの答えに、さらにカイルは尊大だ。

「言ってくれ。この世で、私に叶えられぬことはないのだから」

口にして、神妙にカイルの眉がひそめられた。ほんの刹那。続いて――。

(おまえを抱くこと以外……)

「えっ!」

そんな声が聞こえた気がしたのだ。カイルの声だった。そんなはずはないのに。ミシェルの驚きに、カイルは「どうした?」と怪訝(けげん)な顔をしている。

「あっ、あの、では、体調もよくなりましたし、故郷のものではなく、この国の衣装と身の回り品、お食事を。身も心も、早くサラディーンの者になりたいのです」

「身も、心もか」

「は、はい」

身も心も――思いを込めた言葉にカイルは反応した。それだけでミシェルの胸はどうしようもなく躍る。だが、カイルはあっけないほどに軽くいなした。

「それでいいのか?」

「それが望みなのです」

「わかった」

カイルは満足そうに笑った。

そして翌日から届けられる、目も眩むような衣装や身の回りの品々。刺繡細工や宝石の縫い取りが見事なカンドゥーラに、ゴドラを留める金や銀のイカール。軽くて足に馴染む履き物は、もはや空気のようだ。

「これはどうだ？　おまえの瞳の色に合わせた細工だ」

それは、青く煌めくラピスラズリのブレスレットだった。揃い(そろ)の首飾りや耳飾りもある。

「どんな青をもってしても、おまえの瞳に敵うものではないが」

「う、嬉しいです……」

このひと粒で、幾人の民が食べていけるだろう。そう思うと、石で彩られた耳や胸が重い。后の務めも果たせていないのにと思うと、より重くなる。身につけるものだけでなく、部屋の調度品も、よりサラディーン風に一新された。閨の寝台の他に、身体が沈みそうな寝椅子、絹が張られた籐(とう)の揺り椅子。化粧台には、希少な鏡が設置されている。水差しや食器には不思議な紋様が施されて、芸術品のようだった。

(豪華なものが欲しかったわけじゃないけれど)

僕を喜ばせようとあんなにも。あの笑顔を見ると何も言えなくなってしまうのだ。

カイルへの熱い思いで占められたミシェルの心の中を、ひゅっと冷たい風が吹く。

その中で、大好きな砂漠のバラが刺繍されたクッションが、見栄えがしないとして交換されそうになったが、ミシェルはこれだけはと死守した。見栄えがしないどころか、繊細な刺繍は本当に見事なのに。

「大好きなのです。この花の刺繍が」

「そうだったな」

カイルは静かにうなずく。見つめられ、視線が絡み合った。カイルが何か言いたげに見えるのは気のせいだろうか。

(おまえを抱くこと以外——)

昨日聞こえたような気がした。あれはなんだったのだろう。僕を抱くこと以外？　だめ……カイルさまを問い詰めてしまいそう——その時だった。

「おはな、きれい！」

シャリーンだ。ミシェルの部屋の華やかな模様替えに、さっきからはしゃいでいたのだった。

「砂漠のバラだ。見たことがあるだろう？」

カイルの目は、もう無邪気なシャリーンに向けられていた。また、ある意味彼に助けられたことになる。シャリーンは可愛らしく小首を傾げて考え込み、やがて満面の笑顔になった。

「しゃばく、おひめしゃま！」

「ああ、おまえの部族ではそう呼んでいたな」

「ミチェル、みたい！」

「僕？」

ミシェルは驚いて自分を差した。

「その通り、ミシェルはこの花のように愛らしいが、姫ではないのだぞ」

「？」

シャリーンの顔に疑問符が浮かんでいる。

「ミシェルは我が后であるが、姫ではない、王子だ。命を孕む、聖なる男オメガなのだ」

「しぇいなる？　オメガ？」

「そうだ、私にとって、この世で最も聖らかで尊いものだ」

カイルはひと言ひと言を噛みしめるように口にした。それはまるで、自分自身に告げているようにも聞こえて……ミシェルは何か言わずにいられなくなったが、カイルはシャリーンの前であることもかまわず、ミシェルのこめかみにキスをした。

「カ、カイルさまっ！」

「ミチェル、おかおまっか」

きゃーっとシャリーンは自らのカンドゥーラの端を持ってくるくると回った。

「どうだ、おまえが頬を染める姿は、六歳の子どもをも照れさせてしまうようだ」

「そ、そんな……」

カイルは声を上げて笑う。

「陛下が、あのように声を上げて笑われるなど……」

カイルが先に退出したあと、部屋の隅で控えていたザハムは、唸(うな)るように呟き、ハリスは挑むような目で反撃していた。もう何度めかのやり取りではあるのだが。

「我が王子がそれほどまでに魅力的だからだ。それに、なんといっても聖なる男オメガだからな。陛下自らが言われる通りに」

ふん、とザハムは鼻で笑ったが、ハリスは溜飲(りゅういん)を下げたようで、大いに満足そうだった。

「ザハムの声は聞こえておられたかと思いますが、お見せしたかったたです。あの仏頂面が悔しそうに歪むのを」

「そういう言い方はやめて。それに、ザハムとそんなふうに張り合わないで。僕とカイルさまの結婚は友好のためだということを忘れないで！」

後ほど、ミシェルは厳しめにハリスを窘めたが、ハリスは神妙な顔で答えた。

「それは国を出る時から、納得いかずとも重々承知です。ミシェルさまにここまでついてはありません」

来た以上、私はこの婚姻が成功であるようにと尽力いたします。ですが、あちらはそうで

「ハリス……」

そういう向きがあることは知っている。サラディーンの血統に外国の血を混ぜたくない

という一派だ。だが、カイルは守ると言ってくれた。

「あなたを后の座から引きずり下ろそうと、虎視眈々と機会を狙っている者たちから目を

離すことはできません。ザハムもその一派です。ただ、陛下に逆らえないだけで……です

が、いつまでもこのままというわけにはいきません」

「やめて。わかっているから、言わないで」

ミシェルは耳を塞いだ。だが、ハリスは動じなかった。

「いいえ。お伝えせねばなりません。つい先日、ザハムがミシェルさまのヒートについて

言及してきました」

「ザハムが……」

ミシェルは血の気が引く思いがした。何か悟られたのだろうか。カイルがミシェルを未

だ抱かないことに気づいたのだろうか。

ハリスは物言わずとも、二人の閨の問題について悟っていた。当然、結婚以来、ミシェ

ルにヒートが来ていないことも知っている。きっと、ハリスも心を痛めているだろうとミ

シェルは思っていた。

「ミシェルさまの発情は、いったいどうなっているのだと。本当に男オメガなのだろうな、などとほざくので、我が王子を愚弄するなと一喝しましたが……よろしいですか、ミシェルさま。これまでは病でカイルさまが御身を気遣われていたのだろうと、そしてヒートがこない理由も説明することができます。けれど、床上げもなされた今、いつまでもこのままでは……」

ハリスは唇を嚙み、深く頭を垂れた。

「申しわけありません。とても個人的な問題を、臣下としてあるまじき言及をしているのはわかっています」

「頭を上げて、ハリス」

ミシェルは促した。

「聞きたくないと思っていたけれど、言いにくいことを言ってくれてありがとう……ヒートがこないから艶が足りないのか、艶が足りないからヒートがこないのか。いずれにしてもカイルさまは僕に性的な魅力を感じておられないのかもしれない。でもね、矛盾しているようだけれど、カイルさまは僕を愛してくださっている。すれ違っているけれど僕たちは愛し合っている。それだけはわかってほしいんだ」

ハリスは「わかっております」と頭を下げ、その場を辞した。

ミシェルはふう、と息をつく。元々この結婚に反対していた二人だ。それでもハリスはミシェルを守ろうとつき従ってくれているが、未だ、ザハムがミシェルを見る目には温度がない。王であるカイルが彼の様々な思いや憤りを抑えてくれているのだろう。

（でも）

僕はカイルさまに真摯に仕えるザハムを悪く思いたくない。

ミシェルは思う。甘い考えかもしれないけれど、彼は僕にとってのハリスと同じだから。カイルさまを幼い頃から支え続けてきた人だから。

彼が大切にしているものを嫌いたくないし、嫌われたくないと思うのだ。そういうものも含めて、丸ごとカイルを愛しているから。

だがミシェルの思いをよそに、王と后の側近同士が対立しているという話は、外からもミシェルの耳に届くようになっていった。シャリーンでさえ、心配そうな顔で訊ねるくらいだった。

「ハリシュ、ザハム、けんか？」

そんな時、ミシェルはシャリーンをぎゅっと抱きしめる。シャリーンは髪が伸びて、くるくると頭の上で渦を巻くようになっていた。カイルさまも幼い頃、こんな感じだったのかな？　そう思うとせつなくて。

「けんか、め！」

ミシェルを慰めてくれているのだろう。シャリーンは自分の言葉で二人を諌めて、ミシェルの頭を撫で撫でしてくれる。ミシェルが悩み、苦しんでいることをわかっているのだ。側近二人の対立だけではない。ヒートがこない。抱いてもらえない……。世継ぎも産まなければならないのに。

(僕は、不完全なオメガなんだろうか……)

ミシェルのそんな様子に気づかないカイルではない。優しく抱き寄せては小鳥が啄むようなキスをくれる……が、ミシェルは「大丈夫です」と笑ってしまうし、カイルはそれ以上、ミシェルに触れようとしない。

そんなある日のこと——。

「おまえに見せたいものがある」

カイルが弾んだ声で、ミシェルの部屋を訪れた。

ミシェルが床上げしたことで、閨はふたたび後宮として王を待つように整えられた……。性的な快感を深めるという香が当然のように用意され、ミシェルを追い詰めていく。だが、カイルは夜にだけ訪れるのではない。シャリーンのこともあり、昼間も頻繁にミシェルのもとを訪れている。

「シャリーンはどうした？」

カイルは辺りを見渡す。ミシェルはにっこりと笑った。

「今日はおばあさまのお見舞いの日です。ハリスが連れていきました」

「ああ、そうだったな。……では、シャリーンには悪いが、私にはありがたい」

カイルは意味ありげに笑ったかと思うと、突然、ミシェルを抱き上げた。

「うわっ！」

「可愛い声だ」

どうせならはっきり『色気のない声だ』と言ってほしい。自分のそういうところが幼いというか、魅力不足なのだ。我ながらそう感じていた。もっと甘く可愛く、艶めいて……そんなことを思い、ミシェルは自分の中に芽生えている淫らさに気づく。カイルのカンドゥーラの袖で、朱に染まった頰を隠して。

「今日は二人でその場所を訪れたいのだ」

「〝見せたいもの〟ですか？」

「ああ」

カイルはミシェルの額にキスをして、まるで少年のようにきらきらした瞳を片方瞑ってみせる。そんな表情を見せられて、ミシェルは下腹部にきゅんとした感覚を覚えた。

(今の、なに?)

疼きではあるのだが、いつもと違う。きっとカイルさまがそんな可愛らしいお顔を見せてくださったからだ。そうやって自分を納得させる間も早々に、カイルは新たな表情を繰り出してきた。

「これから、私がよいと言うまで目を閉じていてほしい。よいな、絶対に目を開けてはならぬ」

いたずらを思いついた子どものような顔だった。だからミシェルはこんなことが言えたのだ。

「では、僕のまぶたに太陽神さまの魔法をかけてください。目を開けぬようにと」

ミシェルが目を閉じると、両のまぶたにカイルの唇が触れた。ふわっと触れただけなのに、それこそ魔法にかかったように腰を捩らずにはいられないような。そして再び、先ほどの疼きを感じた。

(どうしたんだろう……感じやすく、なってる?)

カイルの魔法で目を閉じたまま、抱きかかえられたミシェルはカイルがどこへ向かっているのかもわからず、どきどきしていたが、自分の身体に何らかの変調めいたものが起きていることも気になって仕方ない。

ややあって、カイルは足を止めた。ぎいっと音がして、扉が開けられたのがわかる。とたん、まだ目は閉じたままだが、甘い花の香りが幾重にも重なってミシェルの鼻腔をくすぐった。サラディーンの花の香りではない。これは――。

「では、魔法を解くぞ」

再び、カイルはミシェルの両まぶたにキスをした。それはまた身体を疼かせたが、目を開けたミシェルはそれ以上の大きな驚きで、一瞬、息が止まるほどだった。

そこは小さな東屋だった。豪奢なものとは違うが、ひとりで過ごすには十分な大きさ。調度品も控えめで、ゆったりとした寝椅子があるだけだが、今、その空間はバラを始めとした、砂漠には咲かない花々で埋め尽くされていた。

床や寝椅子には、あふれんばかりのバラの花びら。まだみずみずしいものを摘んだのだろう。雫で濡れているものもある。窓枠や花器には立派な白ユリがあふれんばかりに飾られている。床には、ほころんだバラの蕾がところどころ落ちており、花を踏まずにいられないような状態だった。室内はむせかえるような甘い香りで満ち、ミシェルの頭をくらくらさせる。

(またこのような……)

摘んでしまった花は明日にも枯れてしまうだろう。ミシェルの胸は痛んだ。自分のために用意された花々が無残で涙が湧いてくる。このために使われた莫大なお金や、民に課せられた税を思うと、もうこれ以上黙っていることはできないと唇を噛んだ。先日のバラの花束の時に伝えるべきだったのだ。

(僕はやっぱりこのような贅沢は受け入れられない。それに……)

「どうだ、まるで花園のようだろう」

だが、カイルはミシェルの沈黙を驚きだと受け取ったようだった。意気揚々と告げる。

わかっている。カイルさまは本当に僕を喜ばせようとして……。

「砂漠の花々は独特でおまえの好みには合わず、慰めにならぬだろうと、各国から取り寄せたのだ」

こんなに新鮮なまま？　あの花束どころの騒ぎではない。サラディーンの王にできぬことはない。ミシェルは今、それを見せつけられていた。

「いつでも、ひとりになりたい時はここへ来るがいい。花はいつでも、切らさぬようにしておこう」

きっと、ハリスとザハムの不仲で僕が悩んでいることを思ってくださったんだ。でも、もう、もう。それに、僕は……！

ミシェルはカイルを抱きしめた。后からしてはならない行為であっても、彼の優しさと、相容れない価値観がないまぜになって、ミシェルを突き動かした。

「こら、ミシェ……」

抱きついたことを咎(とが)めようとしたのだろう。カイルの口調は優しかったが、ミシェルは毅然と遮った。

「カイルさま。こんなにも僕を元気づけようと、喜ばせようとしてくださってありがとうございます。とても嬉しいです。でも、これだけの花を集めるのに、どれだけのお金と人々の働きがかかっているのでしょう？」

ミシェルが何を言っているのか、カイルは最初、怪訝そうな顔をしていたが、やがてその表情はだんだんと落胆に変わっていった。ミシェルはカイルを悲しませている自分をどうしていいかわからない。思いは止まらない。花はむせ返り、まるで自分の身体からも甘い香りが漂っているような錯覚に陥る。

「どうか、僕のためにこのようにお金を使うのはもうやめてください。これは、民が汗水流して働いたお金ではないのですか？」

訴えながら、ミシェルは身体が急激に熱くなっていくのを感じていた。こんなに感情的になるのは初めてだ。最初はそのために身体が熱を発しているのだと思っていた。だが違う。いつもの発熱とも違う。自分の身体から甘い匂いが発せられているのも錯覚ではなかった。もう、どちらの香りなのかもわからない。抱きしめているカイルの身体も熱くなっていた。昂ぶる身体はそのまま感情も昂ぶらせ、ミシェルは強張った表情のカイルに訴え続けた。そうしてついに言ってしまった。

「僕はまだ后としての務めを果たせていません。そのような僕は、このようなお金を……

そしてカイルさまのお心を受け取ることはできません！」

次の瞬間、ミシェルは花びらで埋もれそうな寝椅子に押し倒された。こんなに手荒に扱われたことなどない。カイルは怒れる獅子のように、荒い息を吐いていた。

「私がどれだけおまえを愛しているか……！」

「わかっています。カイルさまの愛は十分すぎるほどにわかっています！」

「では、なぜ私の愛を撥ねつけるのだ！」

ああ、怒っておられる。違う。傷ついておられるのだ。愛していると言いながら、僕がカイルさまの愛の形を拒否したから。

「それになんだと、后の務めだと？　それはなんだ。私がそのようなことを強いたことがあったか？　言ったではないか。おまえを早く抱きたいと……その言葉が信じられなかったのか？」

「強要されたことなどはありません！　いつも病弱な僕を思いやってくださって……でも……！」

「でも、なんだ」

カイルの黒い目は怒りと絶望で煌めいていた。ぞくりとする。激昂されながらも、その表情にもミシェルの身体は疼く。ああ……！

「后としての務めとはなんだ？　言ってみろ！」

「それは……っ、民が、王宮の皆が望んで……」

違う、それを最も望んでいるのは僕だ。カイルの身体からも、濃いジャコウのような香りが放たれる。ミシェルは喘(あえ)ぐように訴えたが、唇を塞がれた。

「おまえが望むものはこれか？」

嚙みつくようなキスをされる。痛いほどに舌を搦(から)め捕られ、口内の奥まで貪(むさぼ)られる。歯の裏まで舐(な)められ呼吸ができない。だが、これこそがずっと待ち望んでいたキスなのだ。

「う……んっ」

一瞬、息を継ぎ、ミシェルはその激しいキスに懸命に応えようとした。荒々しい舌や唇も拒まず、自分からも求めてしまう。こんなキスは初めてなのに、舌を懸命にすり合わせ、ぴちゃっと水音を響かせる。首を刎(は)ねられても仕方ないような、后にあるまじき反応だ。だが、受け入れるだけなど無理だった。

（アルファが欲しい）

身体の奥底で声がして、熱は全身、疼きに変わっていた。アルファが欲しい。カイルさまが欲しい……！

カイルは、ミシェルの首筋にきつく吸いついていた。彼が放つ香りも強くなって酔ってしまいそうだ。衣服はちぎり捨てんばかりの勢いで剝(は)ぎとられていく。

「おまえは私のものだ……后の務めとやらを教えてやろう。そして、今宵(こよい)、おまえの身体中に花を咲かせてやる」

「あぁっ！」

吸いつかれて、甘噛みされて……だが、なんと甘美な痛みだろう。

「咲かせて……僕を、あなたのものに、して……っ、あぁ」

やっと触れてもらえた。身体を受け入れてもらえた。だが、ミシェルはその喜びをはるかに飛び越えたところにいた。

邪魔だとばかりに、カイルも着ていたものを脱ぎ捨てる。現れた体軀の放つすさまじい色香。アルファとはこんなにも男の艶で攻めてくるものなのか？　いや、それはきっとカイルさまだからなのだ……！　ミシェルは上半身を晒したまま、微かに震えていた。悦びの震えだ。疼きとは違う痛みが乳首を刺して身悶える。その様子に、カイルの目が獣のように妖しく光った。

「なんと聖らかな美しい身体だ。この身体は誰のものだ？　言え、ミシェル」

「あぁ……あなたのものです。カイルさま、早く……」

「早く、なんだ」

僕の状態をわかっているのだ、カイルさまは。聖らかなんかじゃない。こんなに乳首が痛くて……だからあんなに艶めいた目で僕を見ている。

そう。視線で舐めるように。

「ここが……痛いのです。痛くて、どうしていいかわからないのです。ああっ！」

すでに尖った乳首を指で差し、ミシェルはその痛みに身を捩る。

「どのように痛いのだ？」

カイルはミシェルの肌に手を滑らせてきた。

「じんじんと、熱を帯びて痛むのです。きっと、カイルさまにしかどうにもできない……っ」

「これだけ赤く腫れていれば痛むのも当然だろう」

「……腫れて、いるのですか？」

自分の身体に何が起こっているのかわからなくて怖い。ミシェルは慄いた。

乳首だけではなく、下腹部の方から温い液があふれ出してきている。自分でさえ見たことのない、オメガがアルファを受け入れるというところから。

「怖がらなくてもいい。全部、私が受け止めて絶頂へと引き上げてやる」

不意に優しいその言葉と、唇に落ちたキス。だが、そこからカイルは性急になった。

腫れているという乳首に舌を這わされ、緩く吸われる。ミシェルは腰を跳ねさせた。

「あ……ああっ、もっと……もっと、してくださ……ああっ」

今のは何？

わかるのはただ、痛いのに気持ちよくてたまらないということだ。吸われるたびに身体中がじんじんと疼く。それを気持ちいいと表していいのなら、ひたすらに気持ちよかった。

ミシェルがねだる間もなく、カイルは指の腹で片方の乳首を挟み、扱くように刺激しながら、もう片方を今度は強く吸った。

「美しい。なんと淫らなルビーだ」

「こっち……も……っ。吸って、吸ってくださ……！」

后から求めてはならぬ。そんな思いはどこか彼方へと消え去っていた。カイルに美しいと言われると嬉しくて、股間に泉がこんこんと湧く。カイルはその液を指で掬って乳首に塗り込んだ。

「やっ、なに……ぬるぬるして……ああ、やっ！」

「おまえが私を受け入れるためのオメガの愛の液だ……もうこんなに……ミシェル、おまえは発情しているのだ」

発情？　ヒートのこと？　だが、考えようとする力はとろとろに溶けて消えてしまう。ぬるぬるを乳首に塗り込められたかと思うと、カイルはそのまま細い腰を辿り、細く、だがしっかりと芯を持ったミシェルの茎を両手に包み込んだ。

「ああ、そこ、は……っ」

「凛々しく勃っている……こんなに美しい雄を持ちながら、液をあふれさせ、乳首を尖らせてこんなに淫らに……」

茎の先端のくびれをくいくいと刺激しながら、カイルは時折口に含んでは舌を滑らせる。愛の泉があふれるその場所にも指を抜き差しされる。

「ミシェル、おまえはこんなにも私を待っていてくれたのだな」

嬉しいのは、こうして身体を愛されていることばかりではない。腕を伸ばせばそこにカイルの顔があり、ゴドラのない黒い髪に指を差し込んで引き寄せることができるのだ。

「あ……待って、いました……早く、こうして、いただきたかった……」

ミシェルに髪をかき混ぜられるままに、カイルはミシェルの屹立を口に含む。カイルの身体も熱のかたまりのようだ。砂漠の太陽に炙られるように熱くて、だが、心地よい。

「私もこの花の匂いに抗えなかった。花の匂いなのか、おまえの発する発情の匂いなのかわからなくなってしまったのだ」

「ああ、ぼく、も……っ」

身体を伸び上がらせたカイルは貪るようなキスをしかけてきて、ミシェルも溺れた。そして己の雄をミシェルに握らせる。それは両手でさえも収まり切らなくて……。

「おおきい……」

幼子のような頼りない口調がカイルを煽るのをミシェルは知らない。カイルはミシェルの顔にキスの雨を降らせる。

「私は、今このように野蛮な状態だ。こんなものを汚れを知らないおまえに入れて、揺さぶり、突き上げたいなどという欲情にまみれている。私の精で満たしたいと思っている。だからこそ……私はおまえを汚したくなかったのに！」

突然、身体を入れ替えられ、寝台に手をついたミシェルは、腰を高く持ち上げられた。先ほどから液があふれ、さらに指でほぐされていたそこに、カイルの雄が突き立てられた。

「ああっ、どうして、そん、な」

ことを……と言おうとしたが、何も言えなくなる。発せられたのは叫びだけ。

「あああっ……！」

少しずつ、猛った雄がミシェルの身体を割り開く。あれだけぬるぬるして緩んでいたのに、カイルの雄は太く硬く、ミシェルのなかに滑らかに挿入することができない。

「幼いおまえに恋をした。あの頃のミシェルのおまえを思うと、私はどうしてもおまえを抱けなかったのだ。おまえは私の聖域だった。耐えることがおまえへの愛だと……！　愛している。ずっと欲しかった。私はそんな矛盾した自分と闘っていたのだ。だが……」

「汚れたり、しない……っ、ああっ」

「痛むか？　私の野蛮な雄のせいなのだ。すまない、だが、もう止められない」

ミシェルの隘路の中ほどまで、カイルの雄はぐぐっと押し入ってきた。すごい圧迫感だ。だが、痛みはない。汚されてもいない。

「あい、しているかたに、抱かれることが、汚れなど……ああっ、もっと、もっと入って、きて、ください……っ」

「ミシェル……っ！」

カイルが叫んだ時、ミシェルのなかがカイルを引き絞りながら奥へ、奥へといざない始めた。自分がカイルを締めつけているのがわかる。離したくないのだ。

「私は、おまえが欲しくて、何度も、道を外しそうになって……欲情と、独占欲と、己を戒める狭間で」

「ああっ、いやっ、そんなのは、いやぁ――」

ああ、もう少しで奥まで届くのに。いや、いや、と泣きながら揺れるミシェルの尻が、ぐいっと割り開かれた。

「私は、おまえを欲して、こんなことをする男なのだ」

「あい、しています……初めて、お会いした時からずっと……！」

「出会った時からずっと！」

ぐぐっ、とカイルの雄が進む。

「あ、ああ、届くっ、当た、る……っ！」

カイルの雄がミシェルの最奥に届いた。だが、すべてを受け入れられたわけではない。カイルの雄は、ミシェルの隘路よりも、ずっと大きかったのだ。

尻のあわいを摑まれ、皮膚にびりっと痛みが走ったのと同時に、ミシェルは自分のなかでカイルが精を迸(ほとばし)らせたのを感じた。

なに……気持ちいい……なかが、濡れて……ああ、オメガの子宮へと注がれていく、の……？　カイルさまの、精……。

「噛むぞ」

精を受け止めた余韻にしっとりと浸る間もなく、ミシェルのうなじにカイルの歯が当てられた。

「噛んで……たくさん、噛んで……」

獅子に噛まれる子鹿のように、ミシェルは歯が当たるたびに震えた。何度も何度も噛まれた。そのたびに意味をなさない声が漏れる。だが、自分はカイルの獲物になったのではない。これは、アルファとオメガが番になる儀式なのだ。

「愛して、います……お顔を、見せて……」

身体を捩ると、ミシェルはカイルに抱きかかえられた。熱い唇が触れた時、ヒートのさなか、ミシェルは受け止めきれない快感とカイルへの愛しさに溺れ、気を失った。

5

目を覚ますと、ミシェルは柔らかな夜着に包まれてカイルの腕の中にいた。赤子のよう

に抱きかかえられている。見下ろしていたカイルの不安げな顔がぱっと輝き、ほうっと安堵の息が漏れた。そしてまた、目を曇らせる。

「よかった。気がついて……」

彼らしからぬ小さな声で、髪をかき上げられて額にキス。先ほどまでの行為が嘘のような優しいキスだった。

「目を覚まさないかと思った。おまえに溺れて我を忘れた。……無理をさせてすまなかった」

「いいえ。いいえ！　僕こそ……！」

身体を起こそうとしたミシェルの下半身に鈍い痛みが走った。体重を支え切れずにくずおれるその身体を、カイルが受け止める。首筋、肩、胸、脚……赤紫にうっ血した花が散る身体を。

「ほら……立てないはずだ。私が無理な体勢を強いたせいだ。関節も痛むだろう。うなじも……ひどくしてすまなかった」

これがカイルだろうか。ミシェルは目を瞠った。他国からは砂漠の獅子として恐れられ、自国では太陽神の生まれ変わりとして崇められるサラディーンの王は、懺悔するように目を伏せた。

「抱いていただいて、カイルさまとひとつになれて、僕は本当に嬉しかったです。幸せです。だから、そんなふうに言わないで」

ミシェルから、翳った黒い瞳のふちにキスをする。やがてそれは唇同士の触れ合いになり、二人はキスをしながら戯れ合った。気怠く、だが幸せなひととき。ミシェルはほうっと息を吐いた。

「僕が気を失ったりしたからいけないいんです……でも」

「でも、なんだ？」

「ヒートを迎えて交わって……あんなにすごいと思いませんでした」

カイルは優しく微笑み、ミシェルを抱きしめた。すると、また身体がかあっと熱くなった。

「あ……また……っ」

（くる……っ）

行為が激しかったせいなのか、ヒートの熱が残っているせいなのか、諸処が痛くて怠くて、身悶えることも辛いはずなのに、カイルに触れられると、身体が抱かれていた時のことをまざまざと思い出させる。どうした？　と黒い瞳がまた翳る。

「まだ、カイルさまが僕のなかにいるみたい……」

「ミシェル…なんということを」

微かに頰を赤らめ、カイルは照れを隠せないでいる。

もう一度抱いてくださるだろうか。そうすれば痛みも怠さも忘れて、きっとまた、あなたに夢中になってしまう。身体が期待する。逞しい上半身はまだ裸のままで、あの胸に縋っていたんだと思うと、ミシェルの下腹がずくんと疼いた。

自分は、やはりこんなに淫らだったのかとミシェルは思った。行為を知る前と知ってからでは、淫らとか、欲しいとか、その言葉の意味の深さがあまりにも違った。

一方、カイルは床に脱ぎ捨てたカンドゥーラを拾い上げ、懐に入れていたのだろう、革張りの小箱を取り出した。蓋を開けてカイルが取り出したものは、見事なルビーが嵌め込まれた黒いチョーカーだった。

「またこのようなものをと思うかもしれないが」

カイルはミシェルの首にチョーカーを嵌めながら言う。チョーカーはうなじの噛み痕を隠し、カチリと金具の音をさせた。

(僕の話、ちゃんと聞いていてくださったんだ)

寝台や部屋にあふれていた花々は、もう萎れ始めている。そのさまを見て、ミシェルの胸は痛んだ。

「これは、おまえと結ばれたら、うなじの噛み痕を誰にも見せたくないと思い、用意していたものだ。私の懐にずっと持っていた」

「そのためでしょうか。うなじが温かく感じられます。カイルさまの体温に守られている本当は温かいどころではない、カイルが懐に持っていたという熱が直接感じられて、じんじんするほどなのだ。

「赤い石には太陽神アイウスが宿ると言われている。この石は私の心の証だ。だが、それは我が民の汗によるものだということを心に刻んでおく。だから、つけていてほしい」

「ありがとうございます。ずっとつけています。カイルさまと番になった証……」

「私の独占欲の証だ」

カイルは穏やかに、だがやや自嘲気味に笑う。

さすがにそのルビーには恐縮せずにいられなかったが、カイルは潔くミシェルの思いを受け止めてくれた。そして、『独占欲』という言葉が嬉しい。ミシェルはチョーカーに守られたうなじにそっと触れた。それだけで、熱くなっていた身体が急激に火照りだす。

「もう一度、抱いてください……」

火照る身体を抱きしめて、ミシェルはカイルに願っていた。きっと抱いてくださる。信じる瞳が涙で濡れていることも知らずに。

「頼むから、そのような目で私の決心を鈍らせないでくれ」

思わぬ答えが返ってきた。ミシェルは「決心？」と目を見開く。対するカイルの目は困ったようで、だが真剣だった。

「怖いのだ。今一度おまえを抱いたら、今度こそおまえを壊してしまう」

「壊れてもいい……」

「馬鹿を言うな。おまえを壊すために娶ったのではない。愛するために娶ったのだから」

カイルが視線を落とした先には、寝椅子の上に血が染みたあとが何カ所か残っていた。

いつ出血した？　あの時？　皮膚に痛みが走ったのは感じたけれど、それよりも快感が勝って、まったく気がつかなかった。

「この通りだ。私がおまえの身体を無理矢理ひらいたせいで、大切なおまえの美しい身体を傷つけ、その上、気を失うほどに消耗させてしまった。だから、今日はとにかく身体を休めてほしい」

カイルはゆっくりとミシェルに触れていた腕を外す。

「発情の気怠さはしばらく続くだろうが、薬を処方させよう」

でも、僕はあなたにこの熱を鎮めていただきたいのです——言おうとしたら唇を人差し指で封じられ、額にキスが落ちた。

それはこれまでのような子猫をあやすようなキスで、ミシェルは哀しい予感に苛まれる。

また、あの頃に戻ってしまうのでは……。それでもミシェルは何も言えなかった。また拒絶されるのが怖くて。

処方された薬は、ヒートを抑えるものと、関節の痛みや肌のうっ血を鎮めるものが一包ずつ。ミシェルはヒートを抑える薬など飲むものかと意地を張っていたが、毎朝、毎晩、ハリスが監視をするので飲まずにいられなかった。

だが、効かなかったのかミシェルは再び寝込んでしまう。熱が出て、全身、特に下半身に力が戻らない。出血したのはカイルを迎え入れたところで、傷はすぐに治ったが下腹はしくしくと痛みを刻んでいた。

カイルに抱かれたその日、ハリスは「ミシェルを頼む」とカイルから直々に告げられ、チョーカーを見て、すべてを悟ったようだった。

「いったい、どのようなことをされたのです」

ハリスは苦言を呈した。どのようなこと、は、どのようなひどいこと、という意味だ。

「私の大切な、ハーランド王家の大切なミシェルさまを、こんなに……こんなに消耗させ、しかもお身体を傷つけるなど」

彼は涙を堪えていた。手首にも力が入らないミシェルに手を添えて、水を飲ませてくれる。だが、手の甲や指にまで散ったうっ血から、彼は目を逸らしていた。

「寝込んでしまったのは、僕がひ弱だからいけないんだよ」

「いいえ、何が太陽の王ですか！　これでは砂漠のけだものと同じです！」

「ハリス！」

なんということを……！　ミシェルは慌てて周囲を見渡す。この部屋には二人だけだが、もしザハムでも聞いていたら大変なことになる。

「ザハムであろうと、誰に聞こえようとかまいません。たとえ手討ちになろうとも私は……！」

ミシェルは優しい目でハリスを制した。

「ねえハリス、僕とカイルさまは番になったんだよ。僕はとても幸せなんだ。おめでとうは言ってくれないの？」

ミシェルの言葉は穏やかにハリスに染み入ったようだった。唇を噛み、ハリスはひざまずいてミシェルの、赤い花が散った手を取る。

「我が王子……カイル陛下と番になられて、おめでとうございます。これからのお幸せを心からお祈り申しております。でも、不敬は承知で、これだけは言わせてください。ミシエルさまのために」

「なに？」

ハリスは居住まいを正した。

「番になられた以上、もうあと戻りはできません」

彼の言う意味が、わかったような、わからないような。ミシェルはあえて深く考えずに心の中に呑み込んだ。そして、ハリスが自分を思ってくれる心を受け止め、自分を鼓舞するように明るく言い放った。

「ありがとう。僕はこんな状態だけど、きっと御子ができているよ。だって、僕は『聖なる男オメガ』なんだから」

迸ったカイルさまの精を、この身体で受け止めた。あの時の多幸感をどう表現すればいいんだろう。熱くて、激しくて、僕の液と混ざり合って身体の境目がなくなるような、あの感覚。

「はい、それはもう」

「うん」

ミシェルは自分がカイルの子を孕むことを、まったく疑っていなかった。

「そんな、嘘……。嘘でしょう？」

ミシェルは驚きのあまり、目の前のザハムに縋りつきそうになっていた。そんなこと、信じられない。だがザハムは淡々とミシェルに告げる。

「では、もう一度申し上げましょう。カイル陛下に対する不敬の咎で、ハリスの身を拘束しました」

いったい何が起こったというのか。ハリスを拘束？　王に対する不敬は、極刑にも値する重罪だ。ミシェルは足元からくずおれそうになったが、懸命に我が身を保った。ハリスは確かに、カイルをよく思っていたとはいえない。先日もミシェルに対するカイルの所業に憤慨していた。ミシェルははっと気づく。もしかしたらハリスは……。

「詳しいことを教えていただけませんか？　ハリスがカイルさまに何を……」

「閨で」

ザハムは無表情のままその言葉を発し、ミシェルは恥ずかしさで目眩を起こしそうになった。

「陛下がミシェルさまに多大な負担を強いられたために、お身体が傷つき、大変消耗されたとハリスは訴えました」

「そんな……」

（ハリス、わかってくれたと思っていたのに……）

ハリスは主のため、決死の思いでカイルに訴え出たのだろう。だが、カイルの怒りはたやすく想像できた。板挟みのようになり、ミシェルは胸が潰れそうだった。自分が弱かったせいで、こんなことが起こったんだ……。

「それで、カイルさまのお沙汰は……」

聞かなくてもわかっているが聞かずにいられなかった。震えながら訊ねるミシェルを、ザハムはちらりと見下ろす。その視線には、明らかに憤怒が見えた。

「……陛下はハリスをお許しになりました。沙汰は何もなかったのです。ただ、我らの王を侮辱したことに私たちは納得できません。そのために、我らでしばらくの間、彼を拘束します。その間、ミシェルさまの警護は私が務めます」

許された？　では手打ちになることはないのか？　ミシェルは力が抜けて、側のテーブルに寄りかかった。だがザハムが追い打ちをかけてくる。

「陛下は、確かに私が無理をさせたのだと仰せになったのです。心配をかけてすまなかったと！」

ミシェルに語るザハムの目は怒りに燃えていた。

「太陽神に等しき王に詫びさせるなどあり得ない。ハリスは人の道に外れたことを言ったのです。私にとって、王を侮辱されたのは我を侮辱されたのと同じこと……！」

それはハリスとて同じ気持ちだったのだ。カイルさまを煩わせることはしてほしくなかったけれど、幼い頃から共に育った側近の心は痛いほどにわかる。だが、ハリスに詫びたというカイルの気持ちを思うと、この件をこれ以上大事にすることはできない。ミシェルにできるのは、ただ臣下の所業を謝罪することだけだった。

「本当に、申しわけありませんでした」

「ミシェルさまとて、番になられたにもかかわらず、陛下の愛を受け止め切れぬとは」

ザハムは憎々しげに、ルビーが嵌められたチョーカーを見る。直接的な物言いをされ、ミシェルは俯いて唇を噛んだ。そしてザハムは、再びきついまなざしでミシェルを見据えた。

「私も、命をかけてあなたさまに申し上げているのです。私がこのようなことをミシェルさまに申し上げたことを知れば、陛下は私を手討ちにするでしょう。だが、その前に私はハリスを手にかけてやりたかった。我が王への誇りにかけて……！」

「終わった話を蒸し返すな」

ザハムは、はっと扉を見る。ミシェルも驚いた。カイルが険しい表情で現れたのだ。

「ですが陛下……！」

「下がれ」

「この場でお手討ちになってもかまいませぬ。今回のことは……！」

「下がれと言ったであろう」

威圧的なその響きに抗える者がいるだろうか。ひざまずいて頭を垂れ、唇を噛みしめながら、ザハムは部屋を出ていった。だが、彼がいなくなっても重い空気は立ち込めたままだ。

「嫌な思いをさせたな」

カイルはミシェルの肩を抱き寄せた。

「いいえ、このたびはハリスが……」

ミシェルの声は消え入りそうだった。ハリスを許していただいた感謝をお伝えしなければいけないのに。

「よい、私が判断を下した。それ以上言うな」

ミシェルの唇を塞いだのは、カイルの人差し指だった。

(どうして……?)

側近のことを話していたのに、そんなことを考えてしまう自分にミシェルは恥じ入った。だが正直な気持ちだ。どうして、してくださらないのだろう? 以前ならば、唇ではなくても優しくキスをしてくださったのに。

ハリスのことは気にするなと念を押し、カイルは政務に戻っていった。状況を察して、様子を見に来てくれたのだろう。

(こんなにお優しいのに)

ミシェルは敷物の上に、ぺたんと座り込んだ。こんな時、シャリーンがいてくれたら。だがシャリーンはここ数日風邪をひいて寝込んでいる。ザハムはシャリーンの様子を見に行くことも禁じた。

『あなたに感染れば、陛下にも感染る恐れが生じます』

それはわかるけれど、目になんの感情も映さない表情で言われると、心が縮むようだった。シャリーンもいない、ハリスもいない。やっと番になったのに、それ以降カイルには触れてもらえない。今日は軽いキスさえ……ミシェルは淋しかった。

その夜もカイルはミシェルのもとを訪れたが、体調は持ち直しているのに、頬や額に挨拶のような優しいキスをするだけ。それ以上のことはせずに添い寝して、ミシェルが眠ったふりをすると、そっと部屋を出ていく。まるで子どもの世話だ。完全に、彼との触れ合いはあと戻りしてしまった。

(結局、満足していただけなかったのかな……いきなり気を失ったりして、興ざめされてしまったのかもしれない)

——怖いのだ。今一度おまえを抱いたら、おまえを壊してしまう。

悶々とする心に、カイルの声が蘇る。激しく抱かれたことは苦痛ではなく喜びだった。だからそれは、やっぱり僕の身体が未熟なせいだ。ミシェルは首を振った。

(でも、御子ができていればきっと喜んでくださる)

すべて解決する。それが、ミシェルの一縷の望みだったのだが——。

──そんな……。

ハリスの騒ぎからひと月ほど経った頃だ。後宮で出産をつかさどるという初老の女官が低く頭を下げて部屋を出ていった。ミシェルは辛い現実を突きつけられた。今回の交わりでは子を授からなかったのだ。

（あんなに深く僕のなかに精を注いでくださったのに？）

衝撃だった。男性オメガは最初の交わりで子をほぼ孕むというのに、まさか、孕めなかったなんて……。

ミシェルはカイルに申しわけなくて、そして哀しくて仕方なかった。だが、ミシェルの部屋で知らせを聞いたカイルは「気にするな」と言っただけだった。

「男オメガが最初の交わりで子を孕むなど、単なる言い伝えだ」

彼にすればミシェルの心を軽くするための台詞だったのだろう。だが、ミシェルの心には新たな不安が湧いた。そして思わず言ってしまったのだ。

「残念だと……思ってはくださらないのですか？」

「では、おまえは愛のためではなく、子を成すために私と番になったのか？」

答えたカイルの目は翳っていた。怒っているようにも、哀しんでいるようにも見える。

向かい合ったテーブルの上で拳を強く握ったので、紅茶のカップと受け皿が、がカタカタと揺れた。

「いいえ、そうではありません！　僕は本当にカイルさまに抱いていただきたくて……でも、結果として子を授からなかった。僕は男オメガとして不完全ではないかと不安なのです」

あなたに抱かれたい、御子も欲しい。それは欲張りなのだろうか。

「私は、たとえおまえが孕まずのオメガだったとしてもかまわない」

（え……）

ミシェルは目を瞠った。カイルさまは今、なんて言った？　湧いてきた涙の向こうでカイルの表情が揺れている。ミシェルは、はらはらと涙を流していた。

「カイルしゃま、だめっ！」

その時、シャリーンが駆け寄ってきて、ミシェルを守るようにカイルの前に立ちはだかった。

「だめ！　ミチェルないてる、だめっ！」

シャリーンは顔を真っ赤にしながらカイルに立ち向かっていた。

「違うよシャリーン、これは……」

子どもなりに真剣な横顔にミシェルは語りかける。だが、カイルが遮った。

「そうだな、私がミシェルを泣かせたか」

　カイルは膝を折り、シャリーンの目線に並ぶ。その目からは先ほどの翳りが消え、静かに凪いでいるようだった。

「さすが、我が乳母の孫だ。私を叱ってくれたのは、ラキーラだけだった」

「ラキーラ？　おばーちゃん」

「そうだ。おまえの祖母だ」

「そぼ？」

　シャリーンは以前よりサラディーン語が上達していたが、難しい言葉に小首を傾げた。その仕草が可愛らしかったのだろう。カイルは笑いながらシャリーンを抱き上げた。

「そうだ、〝おばあちゃん〟だ」

　堂々巡りだが、会話はそれなりに成り立っている。その様子が微笑ましくて、ミシェルも涙を拭った。

「言いすぎたことを認めて、ミシェルに許しを乞おう。ありがとう、シャリーン」

　そしてカイルはミシェルに手を差し伸べた。

「おまえを傷つけてしまってすまない。おまえが私の子を孕んでくれたなら、それはとても嬉しい。だが、たとえ孕まずとも私のおまえへの愛は変わらない。そう言いたかったのだ。言葉足らずだった」

「僕も、よく考えずに泣いたりして大人げなかったです。ごめんなさい、カイルさま」

「ああ」

カイルはミシェルの髪をかき混ぜた。その手が温かくて、今度は違う意味で泣けそうになる。僕を愛してくださっているのだ。この方は。

「カイルしゃま、ミチェル、なかよしなった？　ミチェル、なかない？」

二人の雰囲気を見て、シャリーンが神妙な顔で訊ねる。

「なったとも。だがな、シャリーン。ミシェルを守るのは私の役目だ」

「シャリン、ミチェルまもるよ。ミチェル、きんいろきれい、ミチェル、やしゃしい。だいすき！」

「シャリーンってば……」

ミシェルは照れ、カイルは声を上げて笑う。シャリーンを抱いたままのカイルに、ミシエルは抱き寄せられた。こうして三人で寄り添っていたら、心が和らいでくる。

「どうか恋敵にはならないでくれよ？」

「こひ、こひ、がたき？」

シャリーンは一生懸命、その難しい言葉をなぞる。

「大きくなったらわかるさ」

意味深に笑って、カイルはシャリーンを床に下ろした。シャリーンはちょっと不思議そうな顔をしていたが、もう大丈夫と思ったのだろう。やがてにこっと笑った。

「あしょ、あそんで、くる」

「ああ」

「行ってらっしゃい、シャリーン」

二人でシャリーンを見送ると、さて、とカイルは改めてミシェルを見た。

「何か欲しいものや、やりたいことはないか？　おまえを泣かせた罪滅ぼしをさせてくれ」

（カイルさま、前にもそんなことをおっしゃってたな）

真の望みはただひとつだけ。だが、今それを口にすべきではないとミシェルはわかっていた。

「おまえが物品を欲する者でないことは承知している。だが、何かあるだろう。おまえの望みのためなら、私は命もかけよう」

大仰な言い方も、それは彼の真心なのだ。ミシェルが望めば、カイルはたとえそれが暁の星であろうと手に入れようとするだろう。ミシェルはカイルの心を受け取った。

「ありがとうございます。では……」

「なんだ？」

カイルは真剣な顔だ。そんな彼が可愛いとすら思えてしまう。シャリーンがぎくしゃくした空気を癒やしてくれたおかげだ。

「この国の花や植物をもっと見てみたいのです。王宮の植物園も素敵ですけれど、もっと、野に咲く花のような……砂漠のバラの他にも、そんな草花があると書物で知りました」

サラディーンは、ハーランドとの国境付近を除き、広大な国土のほとんどを砂漠が占めるが、ここ、王都ガラジャンを有するオアシスの他にも、少数民族が暮らす小さなオアシスは点在しているし、東の辺境には山岳地帯を有している。そこには、オアシスにはない植物が生育しているという。カイルは大きくうなずいた。

「では、おまえの静養も兼ねて、涼しい山岳地帯を中心にゆっくりと草花を見て回ることにしよう」

「カイルさま、ありがとうございます。大好きです！」

ミシェルは嬉しくて、無邪気にカイルに抱きついていた。いけないとわかっていても、ミシェルは時々こんなふうに振る舞ってしまう。そして最初こそ叱られたものの、カイルもミシェルのそんな姿を受け入れて――むしろ、喜ばしく思っているのがわかっていた。

しかし、その先には微妙な一線がある。感情が昂ぶると触れてしまうこともあるが、普段は触れることのできない、カイルが守る境界線だ。

（花や草木を見るのもとても楽しみだけれど、環境が変わることで、抱いていただけるかもしれない。そうすれば今度こそカイルさまの御子を……）

だが、ミシェルはそんな希望を捨てられないでいた。いや、希望というよりも切なる願いだ。

山岳地帯への小旅行は、ラクダで五日間ほどの行程だ。

馬が通る道は整備されておらず、寒暖差に気をつけてテントで野営をしながら旅をする。

カイルとミシェル、警護としてハリスとザハム、あとは数名の使用人やラクダ遣いの小規模な隊だ。もちろんカイルの鷹、アジャも一緒に行く。一方、シャリーンはお留守番だったが、

「私たちがいない間、王宮を頼むぞ」

カイルに言われ、ぐずることなく、しっかりとうなずいていた。

「なんだか、シャリーンは嬉しそうでしたね」

ミシェルはシャリーンがぐずるのではないかと心配していたが、彼の様子を見てほっとしていた。

「今回はおまえと二人で出かけたいからな。次はシャリーンも連れていこう」

「はい！」

次も、という言葉が嬉しい。カイルもまた、ミシェルが無邪気に喜びを表すたびに優し

く笑ってくれた。

今回、カイルはハリスとザハムをあえて同行させた。二人はまっぴらだっただろうが、王命とあれば逆らえない。

「二人で力を合わせて我らを警護せよ」

カイルはそう言っただけだが、二人は王が意とすることを十分に理解していた。私情を抑え、協力しながら旅をするのだ。

そうして隊は出発した。カイルとミシェルは同じラクダで、初めてラクダに乗るミシェルは、はしゃぐ心を抑えられなかった。

「思ったよりも背が高いのですね。乗り下りがちょっと大変な感じです」

愛嬌（あいきょう）があり、目の前の長い首筋を見ていると癒やされるが、唾を吐きかけられるので注意が必要だ。ただ、カイルのラクダは王を乗せるため優秀で穏やかに躾けられているらしく、ミシェルのことも受け入れてくれた。

ラクダに乗って進む砂漠は、まさに絶景だった。ラクダの足跡、影、砂の色や描かれる模様。風が吹いて砂が舞うと、辺りの景色が一瞬で変わる。幻想的としか言えない朝陽や日没。そしてなんといっても星空や、神秘的な月の形……。山岳地帯に近づくと、オアシスでは見たことのない様々な植物に出会った。高くそびえるアカシアに似た樹や、黄色い花を咲かせた高木、石の間から生えている白い花。岩場にピンクや紫の群生を見つけた時は、ミシェルは歓声を上げてしまった。そうした植物を見つけるたびにミシェルは写生をし、カイルは決まって背後から覗き込む。

「上手いものだな」

「は、恥ずかしいから見ないでください！」

「よいではないか。もっと見せてくれ」

楽しそうな二人の様子に、険悪だったハリスとザハムの雰囲気もいくらか和んでいた。

「陛下も旅を楽しんでおられる。あれほどに仲睦（なかむつ）まじいこの機会に御子を授かればいいのだが」

「外国の血が入るのは反対ではなかったのか？」

「そうも言っていられない。とにかくお世継ぎが生まれることが重要なのだ」

そんな話をしても、二人とも穏やかでいられるほどに。


「砂漠がこんなにも美しいなんて知りませんでした」

二人きりでそぞろ歩き、満天の星を仰いでミシェルは呟く。

「もちろん、自然の驚異にさらされることもありますよね。僕が今見ている景色も、きっとほんの一部なのでしょう。でも、この厳しい自然の中で育つ花々や植物の逞しさに感動しました。砂漠のバラも大好きだけど、岩場に咲き乱れていた小さな花たちも、砂地にしっかりと根を下ろした木々も素晴らしいです。僕は、サラディーンがもっともっと好きになりました」

「今、語っているおまえの目の輝きは、星の光よりも美しい」

「そ、そんなこと……！」

壮大な愛の囁きに照れていたら、突然腰を抱き寄せられた。一瞬、唇に意識を集めてしまったが、カイルのキスはやはり額に落ちた。

旅に出てから、カイルは少しずつだが今までのように穏やかに触れてくれるようになっていた。そして今日は腰を抱かれる力が強い。いつもと違う——？

ミシェルの身体を平たい岩にあずけると、カイルはカンドゥーラを割って、肌の上に指を滑らせてきた。彼の嵌めている指輪が腰の線に当たるだけで、ミシェルは背中を仰け反らせるほどに感じてしまう。やがて、ミシェルの下腹を撫で回していた指は、芯を持ち始めた茎を握った。

「やっ、そこは……」

「勃っている」

知らしめるようにカイルはミシェルの茎を根元から撫で上げた。

「あっ、ん」

首筋を吸われながら敏感なところを愛撫され、膝をかくんと折ってしまったミシェルを、カイルはさっと抱き上げた。

「テントへ行こう」

「はい……」

もしかしたら、今日は最後までしてくださるのだろうか。ミシェルの身体は期待と緊張で昂ぶる。浅い息を継ぎながら、ただカイルの名を呼ぶと、耳を甘噛みされた。

横たえられたテントの中は、月光に照らされて明るかった。衣装を暴かれ、うなじのチョーカーだけをつけた姿になると、激しい羞恥に襲われた。

「おまえの美しい身体を堪能させてくれ」

（ああ……）

きっと抱いてくださる。だってこんな……。

舐め回されるような視線が降り注ぎ、諸処を味わうかのように丁寧に唇で啄まれる。ミシェルをうつ伏せにしたカイルは、背中にくちづけながらひとりごとのように呟いた。

「汚したくない……壊したくない……」

「え……——?」

焦らされて朦朧としていたミシェルは、その言葉の意味を深く考えることができなかった。カイルはミシェルの秘所を割り開き、舌で丁寧に愛撫し始める。

「ああっ、カイルさま、そこは……っ、だめ――」

入れられるよりも恥ずかしい。舌で弄ばれる秘所は、ミシェルがあふれさせるオメガの液と混ざり合って、ぴちゃぴちゃと淫らな水音を立てていた。

「だめ、だめ……やあっ」

今は触れられていない茎が破裂しそうになっている。どうして？　こんなの初めてで……。

「嫌か？」

くぐもった声に問われる。

「あっ、ん……やっ、やっ」

(違う、そういう意味のいやじゃない。これ以上そこに触れられたら本当に、本当にどうにかなってしまいそうで)

だが、悶えるばかりで言葉にならないミシェルの思いはカイルに届くのか。カイルは秘所から唇と舌を離すと、ミシェルの身体を反転させ、芯を持った茎を指で握り込んだ。

「ああっ！」

火花のように一瞬だった。握られただけで、ミシェルの茎は白い液を噴き、その残滓で敷物をぽたぽたと濡らした。

「悦かったか？」

カイルの問いは甘かったが、ミシェルはあっという間の出来事に愕然としていた。

「ご、ごめんなさい。僕だけ先に……」

彼は衣装を身につけたままだった。だから、彼の雄が欲情しているのかどうかもわからない。

「よい、おまえが気持ちよくなったならば。たくさん出たな」

カイルはゆったりと答えるが、その表情は読めなかった。ただ、月光の影になった横顔がいつもより唇を引き結んでいるように見える。

「で、でもカイルさまがまだ、ご満足されて……」

「私のことは気にするな」

カイルは繰り返す。

「なぜですか？　僕にはそんなに魅力がありませんか？　今だってカイルさまにご満足いただく前に、その……精をいただくより先に達してしまって、いろいろと未熟なのはわかっています。どうしたらあなたに悦んでいただけますか？　教えてください」

涙目でミシェルは訴える。今まで言えなかったことも、もう必死だった。だが、カイルははっきりと目を逸らしたのだ。

「娼婦（しょうふ）のようなことを言うな」

撥ねつけられるような厳しい言葉を受けながらも、ミシェルは食い下がらずにいられなかった。

「で、でも、皆、カイルさまの御子を待ち望んでおりますし……！」

ああ、これは地雷だったのに。だが、言い放った言葉は取り返せなかった。

「おまえは、そんなに子が欲しいのか。この私と共に在るよりも？」

「それと、これとは話が違います」

必死でかき集めた言葉を、カイルは簡単に蹴散らした。

「違うものか。それに、私はまだ子はいらぬ」

「でも、僕は最初の時に孕めなかったので、怖いのです」

「孕めなくとも愛していると言っただろう？」

「では、僕たちの結婚の意味は……」

「私は、子を生け贄（にえ）としなくとも、この手でハーランドとの絆（きずな）を強める自信がある」

——ああ、またすれ違っていく。

思いを深める旅だったはずなのに。

明日で旅も終わりだ。最後の夜もカイルはミシェルを絶頂に導いたが、キスは額や頬にだけ——唇には与えられなかった。彼の身体に触れる間もなかった。

6

王宮へ戻ってからも、ミシェルとカイルの関係は変わらなかった。いや、旅に出る前に戻ってしまった。彼に絶頂へ導かれたことは、砂漠の夜が見せた夢だったのだろうかと思うほどに。

男オメガとして生まれたのだから、愛するアルファの子を孕みたい。それは本能に刻み込まれた願いで、どうすることもできない。アルファは違うのだろうか。番となったオメガを孕ませ、生まれた子をこの手に抱きたいとは思わないのだろうか。カイルに抱かれたいという切望の他に、ミシェルの中では、もうひとつの望みが大きく湧き起こっている。

（カイルさまに世継ぎの御子を抱いていただきたい。抱かせてさし上げたい）

そもそも政略結婚の目的は、子を成して両国の絆を深く、強くすること。ミシェルは両国のその願いをカイルのように割り切ることはできなかった。

カイルが民の信頼も厚く、立派な王であるのはわかっている。だが、サラディーンに嫁いでとうに半年以上が過ぎ、故郷からの手紙にも『世継ぎはまだか』と書かれるようになってきた。特に母は、ミシェルが『孕まずのオメガ』ではないだろうかと心配している。

『カイルさまに可愛がっていただいていますか?』あけすけな内容にも、母の心配を感じて胸が痛んだ。

故郷からだけでなく、王宮でも世継ぎの話が頻繁に聞こえてくる。

「早くお世継ぎのお顔が見たいねえ」

「カイルさまの御子ならば、立派な男子に決まってるよ。だって、男オメガはアルファの男子を孕む確率が高いんだろう？」

「それに、最初の交わりで孕むっていうじゃないか」

「もう半年以上経つのにねえ」

そんな言葉が、調理場から、洗濯場から、針子たちの部屋から噂となって耳に入ってくる。

後宮の女官が当然の役目として、ミシェルに伝える。

「王宮だけではありません。民の間からもお世継ぎを望む声が高まっております。そのことをお忘れなく」

ミシェルはこの上なく申しわけなく思った。民たちが、我らが太陽神の御子を望むのは当然だ。国入りした日、婚姻の日の祝福を思い出し、涙が込み上げてきた。ヒートの時以来、抱いていただけないのに……。

「『孕まずのオメガ』ではないかと疑われる前に、お励みくださいませ。それが、后であるミシェルさまの務めです」

言い置いて女官は去った。彼女もザハムたちのように、カイルの后はアルファ姫であるべきだったと思っているのだろう。

初めて抱かれたヒートからも数カ月が過ぎている。せめてヒートになれば……願うミシエルだが、ヒートもまたあれきり起こらないのだ。

（ヒートもこないなんて、やっぱり僕は不完全なオメガなのかもしれない）

考え始めると底がない。ミシェルの癒やしは、やはりシャリーンだった。カイルがもたらす額や頰へのキスは甘くても、ミシェルの傷は塞がらない。

——昨夜もそうだった。

「ミチェル、ないてる？」

小さな手が髪を撫でる。それだけで心が温まった。

「ううん、泣いてないよ」

「でも、おかお、かなしい」

幼い子どもは正直だ。丸い目を歪ませて、ミシェルを心配してくれる。

「ミチェルわらうように、シャリン、おねがいするね」

きれいな石がつながれた首飾りをぎゅっと握って、とても真面目な顔をする。本当に頼もしくて、元気が出る。

「これ、カイルしゃまくれたの。シャリンまもってくれるって。だからきっと、ミチェルのこともまもるよ」

「ありがとう……」

ミシェルはシャリーンを抱きしめた。シャリーンは王が引き取ったというだけで、「養い子」としてこの王宮にいる。カイルやミシェルの側に侍ることも暗黙の了解で許されているが、実際、その立場は危ういものだ。シャリーンはいわゆる「平民」だ。だからこの国では異例に違いないが、ミシェルは、ゆくゆくはシャリーンを養子として迎えたいと思っていた。

カイルと自分の未来さえ考えられないのに？　ミシェルは自虐的にふっと笑った。だが、シャリーンのことを思うと勇気が出る。

（僕にもたらされるのは、後宮女官の報告と噂話だけだ。僕たちのことがどのように王宮で取り沙汰されているのか、もっとしっかりとした情報が欲しい）

それは、政策の場でということだ。王宮には、すでに不穏な空気が流れている。

カイルは「私のことを信じていればよい」と昨夜も言った。よくない噂が流れていることを承知しているのだ。その上で、カイルはミシェルを守ることに揺るぎがない。

「言いたい奴には言わせておけばいいのだ」

これ以上、ミシェルが何か言うと口論になってしまう。だから頼りになるのはハリスしかいなかった。

ハリスはザハムたちと共に、王の側近として政策の場にも出ている。ミシェルは后という立場なので、そのすべてを話してはもらえない。だがハリスの思いは、ハーランド式に、后である女王も政治に参加していくことだ。ミシェルの母のように。いつかこの国のしきたりを変えていきたいと、ハリスは語っていた。

「お願いだよ。何かあれば僕が責任を取る。だから、カイルさまのお世継ぎのことで協議されていることを僕にすべて教えてほしいんだ」

「ミシェルさま、それは……」

ハリスは口を濁らせた。それはきっと——。

「僕にとって不利益な、いや、もっと辛い情報でも受け止める。僕はそれだけの覚悟を持っているつもりだよ」

ミシェルの真剣な目を、幼い頃からずっと一緒にいたハリスが理解しないわけはない。だが、ハリスの口は重かった。

「責任など、ミシェルさまにご迷惑をかけるようなことは、もういたしません。ただ……できればお耳に入れたくない情報もあります」

「かまわない。話して」

観念したのか、ハリスはミシェルの顔を正面から見て「わかりました」と告げた。

「今ザハムたちが、后に子ができないならば妾妃(しょうひ)を、つまり他の妃を娶るようにと陛下に進言しています。後宮には今、ミシェルさまおひとりで、それでは意味がない。多くの妃前なのです。私には到底理解できませんが」
を娶り、子を成すべきだと。この国は建国の頃から完全な一夫多妻制です。それが当たり前なのです。私には到底理解できませんが」

ミシェルも、それは承知でこの国に嫁いできた。だが、カイルがとても大切にしてくれて、身体は別としても愛してくれて、自分もカイルに夢中だった。そして何よりも、カイル自身が「他に妃はいらぬ」と言ってくれた。だから彼が自分の他に妃を娶るなど考えたことがなかったのだ。

――おまえが孕めなくともかまわない。

――孕まなくとも愛している。

――まだ、子はいらぬ。

様々なカイルの拒否の言葉が頭を掠める。だが、それでは王としての立場が揺らいでしまう。

「カイルさまは、その話には耳を貸そうとされません。断固として妾妃は娶らないとおっしゃるのです。ミシェルさま以外の妃はいらないと。そのお言葉に後宮の女官たちも騒然としています。そして先日、ついにおっしゃったのです」

ハリスの重い口調に、ミシェルはごくんと唾を呑み込んだ。

「なんて？」

「もし、ミシェルさまに世継ぎが生まれなければ、シャリーンを養子にして王位を継がせると」

「えっ——？」

いずれ叶えばいいと、ミシェルも淡い思いで願っていた。だがそれは今ではない。世継ぎとしてではない。

「当然、カイルさまの発言に皆、混乱しています。王の血を引かない平民の世継ぎなどあり得ないと」

「で、でも、カイルさまはおっしゃったことはきっと実行される……」

ミシェルの声は震えていた。ハリスも眉間を険しくする。

「そうです。だからきっと、シャリーンを亡き者にしようとする者が出てきます」

ハリスの言う通りなのだ。だからシャリーンを養子にするのは今ではない、世継ぎとしてではないのだ。

「僕が、御子を孕めばいいんだ……」

それだけの話なのだ。カイルさまに身体も愛されて子を孕みたい、それが何よりの願いだ。だが、拒絶されるのが怖くて、ミシェルはどうしても「抱いてください」と言えない。

「自分が情けないよ……」

「そんなことをおっしゃらないでください。孕まずのオメガなど単なる言い伝え。子どもは天からの授かりものです。それを……この国の者はミシェルさまを世継ぎを産む道具のように！」

ハリスの怒りはあふれて留まらない。向き合っていた机に拳をぶつける。ミシェルはその手をそっと押さえた。

「でも、カイルさまは僕のことをそんなふうに思っておられない」

「わかっています……」

ルビーのチョーカーによって、二人は番であることが証明され、皆、王と后は愛の夜を過ごしていると思っている。わかっていると言うハリスでさえ、今また二人の間に子を成す行為がないとは思っていないだろう。

「僕も愛しているんだ。カイルさまを……」

自分に言い聞かせているようで、ミシェルは悲しかった。

その後、第二妃を迎えるための近隣諸国の調査が始まった。だが、時を同じくしてシャリーンの養子問題も白熱していた。シャリーンの身の安全を思えば、ハリスも反対派に与する他はない。その反対派の筆頭はもちろんザハムだ。だが、黙って従うハリスではなかった。

「私は、ザハムとは違う意味で養子反対派に属しますが、本心は隠してザハムの様子を見張ります」

「危険はないの？」

ミシェルはハリスの行動が心配でたまらない。要は間者と同じことをするのだ。だが、ハリスは明るく笑った。

「かつて陛下にミシェルさまのことを訴えた時に、一度は捨てた命です。でも、陛下は私を生かしてくださった。私を手討ちにすれば、ミシェルさまが悲しむと思われたのでしょう。だから私は、ミシェルさまの大切な、陛下とシャリーンを守るのです」

頼もしく言い切ったのと同時に、ハリスは子ができる方法を求め、奔走するようになった。怪しい薬は飲ませられないが、伝承の呪文や、まじないなどを持ち帰ってくる。非科学的なことを嫌う彼なのに。それだけハリスも必死なのだ。その心だけを受け取り、ミシェルはまじないなどは控えるつもりだった。だが、その中に興味を引くものを見つけたのだ。

――どうしても子種が欲しいならば、口で受け止め、その後できるだけ早く自分の身体のなかに塗り込めること。しばらく、動かぬこと。

それは、性技の指南書だった。後宮でも用いられてきた由緒正しいものであるという。

（遅かれ早かれ、僕も後宮女官に、実戦するようにと言われるかもしれないな）

そう思ったらふと可笑しくなり、ミシェルは考えた。

カイルを愛しているなら、自分が本当に選ぶべきことはなんだろうと。

カイルさまが、皆に敬愛されるサラディーン王であり続けること。

そのために世継ぎが必要なのだ。

一方で、養子にと名の上がったシャリーンを亡き者にしようという動き——。なんとしてもシャリーンは守らねば。

究極の二者択一だ。自分が身籠もるか、カイルを説得して妾妃を娶ってもらうか。

（やって……みよう）

たとえ抱かれたのは一度でも、この身に与えられる快感に応えること、欲しがることを教えてくれたのはカイルだ。そして自分でも、いつだってカイルの身体を愛したいと思っていた。水を弾くような肌を味わい、唇を奪い、そして彼の雄を指や唇で愛したい。だから、カイルがしてくれたように、彼の精を口で受け止めることも厭わない。むしろ、そうすることで彼を絶頂へと導きたかった。

自分が持てる愛を込めてカイルさまを欲しがるんだ。「抱いてください」と言葉ではなく、心と身体でその思いを表現するのだ。

未だどうしても、言葉で拒絶されるのは怖いから。

その夜、閨に現れたカイルをミシェルは夜着の中で一糸纏わぬ身体を抱きしめて待っていた。カイルを思ってこんな姿で待っているだけで、オメガの愛の液がとろとろと後ろを濡らしていた。いつもは額か指先へのキスとともに横たわるのだが、ミシェルは濡れた下腹部のまま、カイルの体軀の上に身体を重ねた。

「ミシェル？」

黒い目が、この上ない驚きで見開かれている。

「カイルさま、淫らな僕をお許しください」

ミシェルはそう告げると、カイルの着衣を寛げ始めた。

ああ、衣服から現れる肌が恋しい。男らしく張り出した褐色の乳首も、胸の隆起も、雄を蓄える筋肉が張り出した股間も、見たのは、あのヒートの日以来だ。

そう思うと泣けてきて、ミシェルは涙を落としながら、カイルの雄を顕わにした。

僕の身体では受け入れきれなかった猛々しいこれを、僕の口で愛撫して、精を受け止めることはできるのだろうか。

怪訝な顔でミシェルの行為を見ていたカイルは、雄に触れられた時に眉間を険しくした。聞き間違えでなければ、「うっ」と呻くような声が漏れた。

（カイルさま、愛しています）

ミシェルはくびれた雄の先端に思いを込めてキスをする。すると、先端からとろりと雫が零れた。雄はたちまち大きく太くなり、天を突く。ミシェルは思いきって咥えた……が、やはりすべてを呑み込めない。喉につかえるほど咥え込んでいるのに。

「んっ」

苦しくなって息を漏らした時だった。

「やめろ」

ミシェルの金の髪を乱し、カイルが顔を上へ向けさせる。

「そんなにまでして、私の精が欲しいか」

見抜かれていた？　だが、誓ってそれだけではないのだ。自分からもあなたを愛したくて、あなたに極みの時を味わっていただきたくて……。でも、上手く言葉にできない。

「私は、おまえを壊したくないのだと言っただろう」

「それでは……僕はただの人形ではありませんか。僕にも、カイルさまの后としての責務と誇りがあるのです。守らなければならないものがあるのです。そして僕は何よりも……この身ごとあなたに愛されたいのです」

「愛している」

カイルは言い切った。

「だからおまえをこれ以上、私の手で傷つけたくないのだ。あの日、私のせいでおまえは血を流し、全身をうっ血だらけにして目を覚まさなかった、あの姿が頭から離れた日はない」

――拒絶された。ミシェルは奈落の底へと突き落とされた。その胸を、シャリーンの笑顔が過る。黒いくせっ毛に囲まれた愛らしい笑顔。サラディーン語を覚えようと真剣な顔。「どーしたの?」と覗き込んでくる優しい顔。すべてを守りたい。それは、カイルと一緒に守っていくものだと思っていた。だが、そうできないのならば。

「では、カイルさまお願いです。どうか、僕の他に妃を娶ってください。何人も娶って後宮を作って、御子を成して……どうか、待望のお世継ぎを皆にお与えください」

震えながら、ミシェルは手を組んで懇願した。もう、シャリーンを守るにはそれしかない。そして、自分は求めた愛を得られることなく、ルビーのチョーカーを嵌めた、番の人形として生きるのだ。

一方、カイルは明らかに衝撃を受けていた。ミシェルがこんなにはっきりと言葉にしたことがなかったからだろう。

「私はおまえ以外に妃はいらぬ。それがなぜわからない。ここに番がいるのに、なぜ他に妃が必要なのだ!」

「そのお気持ちは死ぬほど嬉しいのです。でも、このままではカイルさまの王としてのお立場が危うくなります。シャリーンに危害が及ぶ可能性も高いのです」

「シャリーンもおまえも私が守る。太陽神が許さぬというならば、王としての立場も惜しくはない」

「カイルさま、そういうことを申し上げているのではありません！」

大胆すぎる宣言に、ミシェルは身体中が冷たくなるような気がした。だが、懸命に言葉を募る。

「カイルさまが王だからこそのサラディーンではありませんか！」

「……では、おまえは王としての私を愛しているのだな？」

ぞっとするほど冷たい答えだった。ミシェルは首を振り、大粒の涙を零しながら訴える。

「何を言われるのです！　太陽神アイウスさまに誓って、僕は人としてのあなたを愛しているのです！」

たとえあなたが、市井の者であっても。

「ならば、私を信じていればよい」

ミシェルはきつくカイルに抱きしめられた。ミシェルも腕をちぎれんばかりに伸ばして抱きしめ返す。

「愛している、ミシェル……世界でおまえだけだ」

「ああ、僕も……っ。愛しています。この命にかけて」

愛を口にしながら、どうしてもすれ違う。今、確かなのはそれだけだ。

＊＊＊

「ザハムに近づいてはなりません」

ミシェルは、ことあるごとに、ハリスから警告されていた。

ザハムはカイルが後宮を持ち、他に妾妃を娶ることを推進する派の中心だ。そして、平民の世継ぎなどあり得ないと。つまり、いつでもシャリーンに危害を加える恐れがあるのだ。

「シャリーンだけではありません。陛下が寵愛するミシェルさまも彼らには邪魔なのです。元々、外国人の后など認められないと息巻いていた者たちですから」

ハリスは今や、ミシェルやシャリーンを擁護するために、カイルとの距離が近い。そしてザハムは反対派の旗頭として、却って王から遠ざかっていると聞く。

（カイルさま、お辛いのではないだろうか）

もし自分が同じようにハリスと遠くなってしまったら、悲しくて仕方がない。ハリスがカイルに訴えを起こした時がそうだった。だから、ザハムとて彼の立場でカイルを思い、カイルを最もよい方向へ導こうとしているのだと思いたかった。

ハリスとザハムも、側近同士として、敵対するために出会ったわけではないのに。

「シャリン、カイルしゃまと、あそびたい」

自分の立場を知る由もない幼いシャリーンは、不服そうに唇を尖らせる。このような情勢だ。カイルもこれまでのように気軽にシャリーンと時間を持つこともできない。そして今、シャリーンは身の安全のために、ミシェルの部屋に身を寄せている。

一方、ミシェルとカイルの距離も遠のいていた。はっきりと「妾妃を娶ってほしい」と告げたあの日から数日間ではあるが……。だが、不思議と嫌われたのではないという意識はあった。ただ、カイルを哀しませたのは確かだ。ハリスに訊ねると、政務に没頭しているのだという。それこそ寝る間も食事の間も惜しんで。

「陛下なりに思われるところがあるのでしょうが、正直、見ていて痛々しい感じがします」

ハリスの報告を聞き、ミシェルの胸は痛んだ。会いに行きたい。抱きしめたい。だがそれは、さらに彼を追い詰めてしまうことになる。

「私は、陛下を誤解していたと思います」

ハリスはしんみりとした口調で言った。

「以前は何をされても完璧で、本当に神が乗り移ったのではないかとさえ感じていました。ですがあのようなお姿を見ていると、恐れながら陛下も、悩み傷つく我々と同じ人間だったのだと思わずにいられません。失礼極まりなかった私の訴えを許されるほどにミシェルさまを愛されて……今、私は陛下を尊敬しています」

ミシェルは、ハリスの告白に微笑んだ。

「ハリスがカイルさまを好きになってくれて嬉しいよ」

「尊敬と言ったのです」

「同じことだよ」

「今の問題を乗り越えて、ザハムともよい関係を築けていけたらよいのですが。それが、真に王と后を護ることなのだと気づかされました」

でも、とハリスは念を押す。

「今のザハムに近づいてはなりません」

「おはなし、おわった?」

ハリスが退出すると、シャリーンが寄ってきた。

「ハリシュも、ずっとこわいおかお」

「そうだね……」

「でも、きょうはちょっと、やさしい?」

そうだね、うなずいた時、コンコンと忙しなく扉を叩く音がした。一瞬、びくりとしたが、ミシェルは扉越しに「どなたですか?」と訊ねた。

「火急の用にて申しわけありません。セザールです」

セザールはザハムの部下だ。ハリスに言われていたように、ミシェルはきっぱりと告げた。

「どうぞお帰りください。お話しすることはありません」

「いいえ、陛下のことなのです」

「カイルさまがどうかなさったのですか？」

彼の名を聞き、ミシェルは動揺してしまった。扉の向こうの声を無視することができない。セザールは焦った様子で答えた。

「陛下が体調を崩されてお倒れになりました。ミシェルさまとシャリーンのことを呼んでおいでです。どうか早く……！」

その答えを聞いた時、警戒心も、ハリスの忠告も何もかも一瞬で消し飛んだ。カイルが倒れた？　それだけで頭がいっぱいになり、ミシェルはシャリーンの手を握り、扉を開けてしまった。

「すぐに行きます！　容態は……」

だが、そこで布を口に押しつけられた。とたんに甘ったるい臭気を吸い込んでしまう。罠（わな）だと気づく間もなく、ミシェルもシャリーンも意識を失った。

（あ……）

目が覚めると、そこは見知らぬ部屋だった。自分とシャリーンは寝椅子の上で寄り添っており、大きな男を中心に、数人の者たちに見下ろされていた。先ほど自分たちを呼びに来た、セザールの姿もあった。同じく目を覚ましたシャリーンが、ぎゅっとミシェルにしがみつく。

（薬を嗅がされたんだ……拉致された？）

罠だったんだとミシェルは唇を噛み、シャリーンを抱き寄せて、臆することなく男たちを見据えた。

「手荒なことをして申しわけありません、ミシェルさま。ここは私が所有する別邸です。怪しいところではありません。そして、今後あなた方に危害を加えることはありません」

ザハムだった。慇懃無礼にそう告げて、丁重に頭を垂れる。身体を縛られたりはしていなかった。今いる場所も、ザハムの別邸とあって、装飾は地味だが立派な部屋だ。

「ザハム……」

「カイル陛下のお世継ぎのためなのです。あなたは孕まずのオメガである可能性が高い。そして、平民出身の世継ぎなど太陽神がお許しになりません。ですがあなたがいる限り、陛下は妾妃を娶られません。どうか、陛下を愛しておられるのならば身を退くと、一筆お記しください。誓って、我々はあなた方に危害を加えたりなどいたしません。我々が願うのは、それだけでございます」

ザハムはこれ以上ないほどの真剣な目でミシェルに訴えかけてきた。

（それだけって……）

『それだけ』が自分にとっていかに大きなことであるのか、ザハムはわかっているのだろうか。どれだけ覚悟と決意がいることなのかを。

努めて冷静に、ミシェルはザハムの圧に対峙した。自分がおろおろすればシャリーンを怖がらせることになる。拉致されたことで、心は不安で波立っている。その上、辛い選択を迫られているのだ。だが、負けるものか。ミシェルはきりっと后としての威厳を纏い、訊ねた。

「拒否したら？」

「もっと遠いところへお連れします。シャリーンも共に」

「猶予は？」

「今夜ひと晩です」

「ひと晩……」

思わず息を呑んだ。ザハムは淡々と、だが丁重に頭を垂れた。

「明朝、時が七時を告げましたら、お答えをうかがいに参ります」

扉が閉まり、男たちの姿が消えると、シャリーンがさらにぴたりとくっついてきた。ミシェルのカンドゥーラを強く握り、不安そうな目で見上げてくる。

「みんな、こわい」

「大丈夫だよ。僕たちには何もしないって」

それだけ言って、シャリーンの頭を膝に乗せる。そして、頬や黒いくせっ毛を優しく撫でてやる。そうするうちに、嗅がされた薬が残っていたのか、やがてシャリーンはすうすうと寝入ってしまった。

ミシェルは深く息を吐く。

（カイルさまとシャリーンが歌った、あの子守唄をもう一度聴きたいな）

今、なぜそんなことを思うのか。

一筆書いても、遠くへ連れていかれても、カイルは哀しむだろう。

だが、どこへ連れていかれようと、カイルは草の根分けても自分たちを捜し出すに違いない。「サラディーンの王にできぬことはない」と言って。では、もし一筆書いたらどうなる？　自分は今まで通り后としていられるのだろうか。自分は抱かれることなく愛だけを囁かれて、他の妃を抱く彼を見ていなければならないのだろうか。

（僕を抱かなくても、他のひとは抱くのかな……）

これだけ抱き合うことを避けられていると、そして、このような窮地に立たされていると、カイルが熱っぽく語る「愛している」「他の妃はいらない」の言葉にさえ自信をなくしてしまう。ザハムたちが妾妃を望むのも、僕が『孕まずのオメガ』だと思っているからだ。僕たちの間に子を成す行為がないことなど思いもしないだろう。

愛している。でも、抱かない、抱けない。抱かれても子はできないかもしれない。矛盾だらけの現実の中で、ただ、もうこれ以上、カイルを悩ませたくないとミシェルは思った。ザハムと対立することで、王宮内が争うことも避けたい。不敵に、不遜に、笑っていてこそのサラディーン王なのだから。

僕が愛したカイルさまだから。

時計を見たら、夜の十二時を過ぎようとするところだった。ああ、もう明日になる。心を決めなければ。

窓には厚い布が下りていて、月の光も星の光も届かない。カイルさまは今頃どうしておられるだろうか？　ハリスは？　ぼんやりとしたランプの灯りを眺めながら、ミシェルは考え続けていた。

――カイルさまにお世継ぎを。そのために新しい妃を。

（結局、シャリーンを守るためにもそれしかないんだ。一度は自分から告げたこととはいえ、こんな形で実現したくなかったな。ねえ、シャリーン……）

心の中で呼びかけたら、眠っていたシャリーンがふっと目を開けた。

「どうしたの？　起きちゃった？」

「あのね、ゆめ、みたの」

シャリーンはミシェルの膝にもたれたまま、黒い目で見上げてきた。

「ゆめでね、シャリンがね、ミチェルと、カイルしゃまのね、こどもなってたの」

「そうなんだ」

そんな夢を見てたのか……。ミシェルはふっと微笑んだ。これは、シャリーンがカイルさまの養子になる予兆かな。でも世継ぎではない方がいいな、君の身の安全のためにも。

「でもね、おうしゃまなるのはね、シャリンじゃなかったよ」

「え？」

詳しく問い返しそうになったが、シャリーンはふわあ、とあくびをして、またミシェルの膝で寝入ってしまった。無邪気に、意味深な夢の内容だけを告げて。

シャリーンではない王子、それは誰の子？　新しい妃の子？

それとも僕の……？

ただ、子どもが見た夢だ。それなのに、ミシェルはシャリーンが垣間見たかもしれない未来を想像せずにはいられなかった。

シャリーンをそっと寝椅子に下ろし、添えてあった布をかけてやる。ミシェルは窓に向かい、幾重にも下ろされた厚い布を持ち上げた。すると目の前に、猫の爪のような三日月が現れた。神秘的なその光を浴びながら、ミシェルは佇む。

月の光を見ていると、砂漠の神殿での婚姻の式を思い出す。民に「ルーナス・サルーシャ！」と月の神にたとえられ、祝福された。幸せだった。その後の初夜で子を孕むことも、何も疑っていなかった。

思い出の傍らには、いつもカイルの姿がある。望んだ愛は与えられなかったけれど、カイルさまはいつも僕を大切にしてくださった。

（与えられなかった……？）

ふと、自分の言葉に引っかかる。

大きなバラの花束、花でむせ返った東屋、豪華な衣装、調度品……贅沢だと反発し、后の務めも果たせない自分に……と自嘲的になっていた。この国で、愛とは与えられることなのだと自分を納得させていた。抱いてもらえないことも、ただ悶々と待っていただけだった。「抱いてください」と本当の気持ちを隠したまま言葉にせずに、卑しくもカイルの精を我が身に取り込もうとしたこともあった。

——おまえを汚したくない。

——おまえを壊してしまいそうで怖い。

（僕は、カイルさまに与えられることを当たり前に思っていたんだ）

ようやく気がついた。カイルが側にいない、この夜にわかったのだ。

与えられるばかりだった自分。拒絶されるのが怖いとか、恥ずかしくて言えないとか、后の方から言うのは淫乱だとか、そんなものは本当に言い訳だ。

(カイルさまは自分の心を伝えてくださっていたのに。なぜ抱かないか、抱けないか、その理由も、僕は与えられていたのに)

今度こそ、僕から言葉にして「抱いてください」と言おう。たとえ淫乱だと思われてもいい。あなたを愛しているから抱いてほしいのだと言おう。子ができなくてもかまわない。僕に足りなかったのは、「ただ抱いてほしい」という心だったのだ。いつの間にか世継ぎのことばかり、そして、初めての時に孕めなかったことばかりを気にしていたんだ。

「カイルさま、ごめんなさい」

月に向かい、ミシェルは声にした。カイルに聞こえなくても、自分が聞いている。ミシェルは深い自戒を込めた。どんなに哀しませただろう。孕むことと、ただ激情のままに愛し合うことを一緒くたにして、僕は……。

(おまえが孕まずのオメガでも愛しているって……それだけで十分だ)

あの月に誓おう。

カイルさまに今の気持ちを告げて抱かれたら、思いを遂げたら、ザハムの要求通りにこの一筆をカイルさまに渡そう。決心したミシェルは書をしたためた。

この国のため、王の務めとして、新しい妃を迎えて世継ぎをもうけていただきたい。そして、自分はできるならば后としてずっと側にありたいこと。子は孕めずとも番として共に。欲張りだろうかと思いながら。

「あなたを愛しています。ミシェル」

最後の文章にくちづけて、ミシェルは書を懐にしまった。さあ、次にやらねばならないのは、ここから逃げて、カイルのもとへ戻ることだ。

窓の向こうはバルコニーになっている。ここから何か布でも伝って外に下りられれば……。丁重に扱われていたので、外の警備も堅そうには見えない。

それ以前に、ザハムは僕がここから脱出するなどと思ってもいないだろう。

ミシェルは優雅な絹のカンドゥーラの裾を思い切り引き裂いた。裾を床に引きずるようなこの衣装では脱出しにくい。続いて、袖も引き裂いた。バルコニーから下につるす命綱を作らなければならない。イカールを外し、ゴドラも引き裂いた。最後に、柔らかな腰ひもを使って、眠っているシャリーンを背にくくりつけた。ちょうど、脇を引き絞った感じになり、背がしゃんと伸びて心が引き締まる。

「カイルさまが選んでくださった衣装をこんなにしてごめんなさい」

でも、彼はきっとわかってくれるとミシェルは思った。よくやったと褒めてくれるだろう。上半身、引き裂かれたカンドゥーラと、ルビーが嵌まったチョーカーだけの姿だ。これだけは身につけておかなければならない。何があっても。

ミシェルはバルコニーの柱部分に、裂いた衣装をつないで作った命綱をくくりつけた。ここは二階で、長さはなんとかなりそうだ。ミシェルは渾身の力を込める。力仕事はしたことがないが、カイルのもとへ帰るんだという思いが、信じられないほどの力を発動した。

(さあ、行くぞ！　僕はただの人形じゃない！)

背負ったシャリーンは重いが、これが人の命の重さなのだ。バルコニーを乗り越え、くくりつけた命綱に手足をしっかりと絡みつける。ぶら下がった状態で下りていくのだが、不思議と怖いとは思わなかった。

(もし見つかっても、ザハムには僕の思いをしっかりと伝える。思いを遂げたら必ず書をカイルさまに渡すと)

少しずつ腕をずらし、下りていく。だが、命綱のどこかで、ビリッと破れたような音が聞こえた。ひやっとするが、自分に言い聞かせる。大丈夫、もう少し、もう少し……。

その時、頭上で翼がはためく音が聞こえた。もしやと思い見上げると、そこには見慣れた鷹がいた。

「アジャ！」

王の鷹として特別に訓練されたアジャは、夜でも飛ぶことができるのだとカイルに聞いたことがある。

くるりと旋回したアジャは「グウ」と鳴いた。それだけで心強く、ミシェルは泣けそうになる。野生ではないアジャが偶然ここにいるわけはない。

（カイルさまが僕たちを捜してくださっている？）

そう思ったら、涙腺が崩壊した。カイルさま……どれだけ心配してくださっただろう。もう大丈夫だ。たとえここが砂漠の真ん中だったとしても、アジャがいれば大丈夫だ。きっとカイルさまのところに導いてくれる！　そうして今頃になって、脱出したあとジャンメール宮までどこをどうやって帰るつもりだったのかと自分の無鉄砲さを思い、可笑しくなった。

「アジャ、そのまま待ってて！」

「グウ」

だが、力を得たのも束の間、命綱は二人分の重さに耐えられずにビリビリと破れ始めた。地面はもうすぐだ。ミシェルは思い切って、シャリーンをおぶったまま命綱を離して飛び下りた。足首に衝撃が走る。だが、ミシェルは倒れることなく大地を踏みしめていた。脱出に成功したのだ。

「カイルさま！　僕はやりました！」

愛しい名を呼んだ、その時だった。

「ミシェル！」

夢でも見ているのだろうか。目の前にカイルがいるのだ。側にはハリスもいる。次の瞬間、ミシェルはカイルの腕に抱き上げられていた。シャリーンはハリスに抱かれ、目をこすりながら辺りを見回している。

「なんという無茶を！　おまえは私の心臓を止めるつもりか！」

「カイルさま、どうして？　あ、そうか、アジャがいたんだから……」

あまりに驚いて、呆けたひとりごとのようにミシェルは呟いていた。

「ハリスが異常に気づいて、アジャを飛ばして心当たりを探っていたのだ。無事か？　怪我はないか？」

「はい、とても丁寧に扱われましたので」

「拉致されていて、丁寧も何もあったものではありません！　陛下、シャリーンも無傷です」

ハリスが淡々と、だが震える声を抑えながら報告していることがミシェルにはよくわかった。ああ、ハリスにもどれだけ心配をかけたことだろう。

「カイルしゃま？　ハリシュ？　どしたの？」

眠っていたシャリーンは、本当にわけがわからないといった様子だ。カイルは黒いくせっ毛のつむじにキスをして、声を詰まらせた。

「本当によかった。おまえたちが無事で……」

カイルの胸に頭をすり寄せて、ミシェルは詫びた。

「僕がハリスの言いつけを守らなかったのがいけないのです。カイルさま、ハリス、騒ぎを起こしてしまって本当にごめんなさい」

「無事ならばよい。もう何も言うな」

カイルはミシェルの頭をぎゅっと抱き寄せた。彼の心臓の音を聞いたら、こうしてまた会えたことが言葉にできないほど嬉しくて、幸せで、先ほどまでぎりぎりの線で緊張を保っていた心が緩んだ。ミシェルは嗚咽を堪えながら、ただ、カイルの厚い胸に顔を埋めた。

「ザハムはおそらく、陛下が倒れられたとでも言ったのでしょう」

せがむシャリーンを肩車しながら、ハリスが毒づいた時だった。

「そうです。私が、恐れ多くも陛下がお倒れになったとたばかって、ミシェルさまに薬を嗅がせて拉致したのです」

現れたのはザハムだった。部下も連れず、ただひとりだ。ハリスはとっさにシャリーンを下ろし、背に庇って剣を構えた。ミシェルは声も出せなかったが、ハリスの後ろでシャリーンが無邪気に問うた。

「らち?」

「連れ去ることだ」

「シャリンも?」

「ああ、そうだったな」

シャリーンに答えたザハムの顔は、今まで見たことのない穏やかなものだった。黒い瞳には、いつものような闘気は微塵もない。一方、カイルがザハムを見る目は怒りに燃えていた。

「そこへ直れ、ザハム」

ザハムは静かにカイルの足元にひざまずいた。

「これはいったいどういうことだ。私のミシェルを攫い、シャリーンをも攫い、事と次第によっては、たとえおまえであってもただでは済まさぬ！」

ミシェルを下ろし、カイルはザハムに剣を突きつける。

「陛下、こんなものが！」

ハリスが差し出したものは例の書状だった。脱出する時に懐から落ちたのだろう。ミシェルは「あっ！」と声を上げた。書に目を通したカイルは、ザハムに鋭い視線を投げる。

「これは、おまえがミシェルに書かせたものか」

「カイルさま、これは確かに僕が書いたものです。でも、違うのです。ただ、僕が思いを遂げたら……」

「思いを遂げる？」

カイルは怪訝そうにミシェルの訴えを遮った。そしてザハムは静かに答える。

「そうです。私が今夜ひと晩を猶予として、ミシェルさまに身を退くと一筆書くように迫りました。書かなければ、お二人をもっと遠いところへお連れすると。カイルさまを愛しているならお書きくださいと脅しました」

「馬鹿が！」

カイルは吐き捨てる。ザハムはさらに静かに続けた。

「そのようにミシェルさまを仕向けたのは私です。陛下の大切な方にこのようなことを……どんな罰でも仕置きでも受ける覚悟はできております」

「ハリス、ミシェルとシャリーンを建物の中へ」

振り上げたカイルの剣が、三日月の光を受けて煌めく。だが、ミシェルはカイルに取り縋った。

「今回の件は、ザハムが、カイルさまとこの国を思って実行したことです。どうかお許しを！」

だが、カイルは剣を振り上げたまま、ミシェルに「離れろ！」と一喝した。ザハムは剣の真下に首を差し伸べる。

「ミシェルさま！　こちらへ！」

ハリスがミシェルの腕を引く。だが、ミシェルは足を踏ん張って抵抗する。ハリスはシャリーンを他の者に任せ、ミシェルにその場を見せまいと羽交い締めにした。

「おやめください！　カイルさま！」

ミシェルの声が静寂を破る。どうしてそんな力が出せたのだろう。ミシェルは渾身の力でハリスの腕を振り払い、カイルの腕に縋りついた。長いようにも短いようにも感じる沈黙のあと、ややあって、カイルは剣を下ろした。緊張が解け、ミシェルはその場にへたり込んでしまう。

「幼い頃から共にあり、いつも私を護って支えてくれたおまえを、討てるわけがないだろう……」

カイルは苦悶の表情で声を詰まらせていた。カイルが国を治めるにあたって、ザハムはなくてはならない存在だ。それ以上に、カイルの胸にはザハムと共有した時がある。

「それに、ミシェルにこんなにまで懇願されてはな」

ミシェルの背に優しく手を添えて立たせながら、カイルの表情は苦悶から苦笑へと変わっていた。

「陛下……」

ザハムは頭を上げた。その目には、主に対する深い尊敬の念と静かな決意が込められていた。

「よい。わかっているつもりだ……。おまえはおまえで私とこの国のことを思い、その忠誠心が暴走したのだろう」

剣を鞘(さや)に収め、カイルはザハムを見据える。

「だが、私のミシェルをこのような目に遭わせたことだけは許すわけにいかぬ。よって、謹慎を申しつける。ハリス、ザハムを連れていけ」

「御意。さあ、ザハム」

ハリスに後ろ手を捉えられたザハムは深く一礼した。

「陛下、恐れながら、私はあなたさまの御子が見たかったのです。サラディーンの未来を」

「行け」

ザハムとハリスはその場を去っていった。シャリーンも他の者が連れていったようだった。気がついたら、ミシェルとカイル、二人だけが月に照らされながら佇んでいた。

「カイルさま！」

「ミシェル！」

互いに向けて腕を伸ばしたのは同時だった。二人は目を合わせた一瞬ののち、強く抱きしめ合い、唇を重ねていた。

「無事なのだな？　本当に無事なのだな？」

舌を絡めながら、カイルは性急に問う。激しいキスに声も出せないが、ミシェルは喘ぎながら何度もうなずいた。

「んっ……う、ん……っ」

「顔を見せてくれ」

カイルはミシェルの両頬に手を添えて、額をこつんと合わせた。いつも熱を測ってくれる時のように。ミシェルの胸に熱いものが込み上げてきて、涙がぽろぽろ零れ落ちる。会えたんだ――こうして無事に。その幸せを嚙みしめる。

ミシェルの涙を指で拭いながら、カイルの声は心なしか震えていた。

「私は……私は、おまえにもしものことがあったら、自分も生きてゆけぬと今回のことで思い知った。私は本当に、自分の欲情でおまえを汚したくなかったのだ。自分を抑えられなくておまえを壊してしまうのでないかと怖かった。だが、今はおまえを失うことの方が怖いのだと知った……！」

「僕は、このまま何もかも自分が呑み込んだまま終わるのが嫌だったのです。僕はまだ、カイルさまに自分の本当の思いを伝えていない。そう思ったら、外へ出ることしか考えられませんでした」

ミシェルはひゅっと息を継ぐ。カイルは優しく背中をさすってくれた。

「無事にカイルさまのところへ帰り着ける保証なんてなかった。でもさっきまでの僕は、そんなことさえ考えていなかったのです。ここを出ればきっと帰れる。そんな妙な自信があって、そうしたらアジャに出会って……」

話していたら、ミシェルは自分の無鉄砲さが恥ずかしくなってきた。砂漠には毒ヘビやサソリもいる。砂が作った蟻地獄のような自然の罠に落ちたら、砂に飲み込まれて生きて帰れないという。ぶるっと震えたミシェルを、カイルはもう一度抱きしめてくれた。

「今頃怖くなってきたか？　だが、おまえは強いな……私はおまえを失う恐怖に怯えていたのに、おまえは私のもとへ帰ることだけを考えていた。だからそのように勇ましい格好なのだな」

カイルの笑みに、ミシェルは自分の格好を見て慌てた。

命綱に使ったのでゴドラを被っていないのはもちろん、金の輪のイカールは軟禁されていた部屋に置いてきた。カンドゥーラの裾は腰の辺りまで破れ、腕はシャリーンをおぶっていたこともあって、剝き出しのままだ。

「カイルさまからいただいたものをこんなふうにしてしまってごめんなさい！　これは、あの……」

「わかっている」

カイルは微笑んだ。バルコニーから垂れた、だが途中でちぎれた命綱がそこにあった。

「私がおまえに与えたものが、おまえの脱出を助けた。こんなに素晴らしいことがあるだろうか。私は、今まで与えることが愛の証だと当たり前に思って生きてきたが、それは、こういうことだったのだな。与えるもの、贈るものは、その相手を守るものとなるのだ」

「はい、僕はカイルさまにいただいた衣装のおかげで脱出することができたのです」

「ああ」

カイルは声を詰まらせる。

「生きていてくれて、よかった……」

ミシェルもまた、泣きながら願う。

「僕が無事だということをカイルさまのお手で確かめてください……お城へ、連れて帰ってください」

「ああ、帰ろう。おまえの閨へ」

カイルはミシェルの頭を引き寄せる。ミシェルの身体から、甘い香りが漂ってきて、二人を包んだ。

「おまえを今すぐ抱きたい」

「僕を、抱いてください」

二人の言葉が重なった。互いに目を瞠り、そして唇にキスをする。顔を離して笑い合い、そしてもう一度キス。

カイルはミシェルをラクダに乗せた。ここまで乗ってきたラクダだ。屋敷の外、砂の上で膝を折り、二人を待っていてくれたのだ。

王宮に向けて、二人は三日月が照らす砂漠を行く。その少し後ろを、ゆっくり羽ばたきながら、アジャが着いてきていた。

＊＊＊

サラディーン後宮の中、ミシェルの部屋へ帰り着いた二人は、天蓋の下の閨にもつれ込んだ。

初めての時は東屋だったから、ここで抱き合うのは初めてだ。カイルにぼろぼろの衣装を剝ぎ取られながら、ミシェルは幸せで怖いほどだった。

「ああ、カイルさま……」

「どうした？　今宵は途中で止めたりせぬぞ？　覚悟はいいか？」

カイルは冗談半分、真面目半分という感じで片目を瞑る。ああ——なんて素敵なんだろう。僕のカイルさま……。

「僕は……んっ、どうしてこのひと言が言えなかったのかと……ああ……っ」

懸命に自分の思いを伝えようとするが、早くもカイルに首筋や脇を唇でなぞられ、乳首をも捉えられたので、喘ぎ声が混ざってしまう。

「いつしか、あなたの、んっ——御子、を、孕むこと、ばかり、考えていて……ああっ、もっと、強く嚙んでくださ……い」

甘嚙みされた乳首はもっと、もっとと刺激を欲しがっている。そう、こんなふうにされたかった。身体中をくまなくキスされて、痕をつけられるほどに強く、強く。

「でも、抱いてくださいって言って、拒絶、されることが、こわ……くて、また孕めないのではないかと……怖くて。でも、僕はただ、あなたにこうされたかっただけ……とても、淫ら、だったのです……あ、やっ、やっ」

触れられて火がついたのだろう。ヒートの時の交わりを身体は覚えていた。カイルは何もつけていないミシェルの片脚を担ぎ上げ、膝の裏をキスで責める。

（こんな、こんなところ、がっ、気持ちいいなんて……）

「淫らでよいのだ。私の前では。ほら、この通り」

さらにもう片脚を肩に担ぎ上げ、カイルはミシェルの茎を裏返して、舌で秘所に侵入してきた。ぐいっとそこを広げられると、とろりとオメガの液があふれ出すのが自分でもわかった。

「ああ、もっと……ひら、いて……」

「美しい身体だ。脚も、雄も、絹のように滑らかで私に吸いついてくる。ここもだ」

カイルが感嘆の吐息を秘所に吹きかけると、ミシェルの腰はびくびくと跳ねた。

「それは、カイルさまがしてくださるから……やあっ、液が、あふれて、とま、ら……」

「ここか？」

カイルはまるでガラス細工に触れるように、丁寧に指を一本、秘所に差し込む。ミシェルは難なく受け入れ、なかで指を折り曲げたり擦（こす）ったりされて悶えた。

「ああ……んっ、ああ……もう、欲しく、なってしまう……っ」

ヒートの時と同じくらい、いやそれ以上に身体がカイルを欲しがっている。身体がカイルを覚えているのだ。

「何が欲しい？」

わかっているくせに聞いてくる彼が憎たらしい。まるで甘いナツメのジャムに、シナモンがぴりっと効いているように。

「カイルさまが……」

起き上がり、ミシェルはカイルの雄を握った。反応するように、すでに猛った雄は、握ったところからびくんと反り返る。

「全部は入らないけど、僕の奥に届くまでください。いいえ、欲しい」

ここに……ミシェルは自分で自分の両膝を抱えた。とろみのある液があふれて、花の香りが強くなる。

「もし私が暴走したなら、止めてとおまえから言ってくれ。私はおまえのなかに入ったなら、自分で制御ができぬのだ。おまえに、溺れて、溺れて……」

ミシェルの腕を自分の首に絡ませ、先端をぐりっと回しながら、カイルはミシェルのなかを進んでいく。だが、それはもどかしいほどに丁寧で、ミシェルは首を振った。

「絶対に言わない、そんなこと」

涙を浮かべて抗う。

「そんなこと言わないで、好きなだけ僕を貪って……んぁ」

「どうした？　痛いのか？」

「違……う。今のところ、もっとしてくださ、ああ、もっと……っ」

カイルがゆっくりと入ってくるので、ぐりっと何かに擦れたような感じがあったのだ。

その感覚をもう一度味わいたくて、ミシェルはねだった。自分で腰を振ってそこを見つけようとするが、違う。カイルの先端に抉(えぐ)られなければ、その快感は得られない。

「ここか？」

目を瞠っていたカイルは、ふっと口角を上げた。ああ、僕の好きなカイルさまのお顔だ。

ミシェルが思う間もなく、カイルは的確にその場所を己の先端で抉った。

「ああっ！　今、のっ、そこ、そこがいい……っ」

「わかった――」

カイルは意味深に微笑み、ミシェルの内壁のとある箇所をさらに擦った。そこに当たるとオメガの液はよりあふれ、カイルは動きやすくなる。何度もそこを抉られて揺さぶられるミシェルは「いい、いい」と喘ぎながら、泣いた。

「ああ、ミシェル、締まる……」

カイルの発した言葉もうわごとのようだった。二人は夢中でその角度で睦み合う。

「カイルさま、カイルさま、どうして……？　何もかもが止まらない……」

なかであふれるオメガの液が、じゅぶっといやらしい音を立てる。まだ奥まで届いていないのにこんな……どうして？　襲い来る快感の波に恐怖さえ覚え、ミシェルはカイルに縋りついた。その時、ミシェルの茎がカイルの腹を擦った。

「今にもはち切れそうになっている。出したければ出せばよい」

「そんな、こと……っ、無理です……触って、いないのに……あああっ！」

カイルはひと際強く、その箇所を抉る。無理と言った次の瞬間に、ミシェルは触れられていない茎から精を噴き出していた。

「やあっ、なんで……っ」

ミシェルは自分に何が起こったのかわからなかった。ただ、歓喜するように精は噴き出し続け、カイルの腹を濡らす。カイルは一旦、つながりをほどき、射精が治まらないミシェルを強く抱きしめてくれた。

「男の身体のなかには、到底指では届かないところに、この世のものとも思えぬ愉悦をもたらす青い石、ラピスラズリが埋め込まれているのだという。私もそれはただの言い伝えだと思っていた。だが今、見つけたのだ。愛する番のラピスラズリを」

「僕のなかに、ラピスラズリが？」

「ああ、目で見ることは叶わないが、きっとおまえの目のように青いに違いない」

カイルは嬉しくてたまらないのだというように、少年のような煌めきと大人の男の艶を同時に顔に乗せ、ミシェルをキス攻めにした。

「ミシェル、私のミシェル……」

「カイルさま」

くすぐったさをかいくぐってミシェルは伝えた。

「僕のなかは今、この前よりもずっとずっと、オメガの液で濡れています。だから、きっと一番奥までカイルさまを受け入れても壊れたりしません。だから……」

「それは、もっと奥まで貫いてもよい、ということか？」

額と額をこつんと合わせる。ミシェルは「はい」と答えた。

「カイルさまとひとつになれたら壊れてもいいけれど……いいえ、やっぱり嫌です」

ミシェルはカイルだけに許すその場所を指で示し、我知らず、男を奮い立たせるような色香を放った。カイルの喉が反応する。初めての時のように、二人は肉食獣と小動物ではなかった。ミシェルは喰われるだけでない、ひとりの男オメガとしてそこに在った。ミシェルは妖艶に微笑む。

「僕のラピスラズリを、もっともっと可愛がってほしいから……」

「どうか、今この時は見逃してくれ。おまえを貫きたくてたまらないのだ。石を可愛がるのは、明日も、そのあともずっと先も――誓おう、ミシェル」

「カイルさま、嬉しい……ああ、ああっ！」

言った通り、カイルは一気にミシェルのなかを穿った。

「なんということだ……おまえのなかが私を奥へ奥へといざなっていく。ああ。ミシェル、突いてもいいか？　おまえの奥を確かめてもいいか？」

「あっ、あっ、たし、かめて……っ」

ミシェルは喘ぎながら、カイルの雄がぐりぐりと最奥をこじ開けようとしているのを感じていた。その先には、いったい何があるのだろう。

「カイルさま、ふかい……っ。あぁ」

「入るのだ……入っていく。進んでいいか。ミシェル、進んでも……っ」

それは最奥がさらに開いた感触に違いない。ふわりと身体が浮き上がった感があって、そこにカイルの精がどくどくと注ぎ込まれる。

「カイルさまと溶け合ってる……しあわせ……」

「全部入ったのだ、ミシェル……なんという快感と幸福感だ……」

カイルは目を固く瞑って天井を仰ぐ。溶け合う感触を堪能するかのように、喉を仰け反らせて。

ミシェルは、今夜は気を手放さなかった。身体の奥深く、意識の底までカイルを感じ、身体の境目さえわからなくなるような快感にたゆたう。

「ん……」

最後の一滴までカイルの精を受け止め、ミシェルはカイルの腰にぎゅっと脚を絡めた。カイルはミシェルを抱いたまま立ち上がり、バルコニーに続く窓辺に立つ。窓辺には、突き刺すように澄み切った三日月の光が差し込んでいた。『猫の爪』だ。

「カイルさま？」

床に下ろされたミシェルは窓辺に手をつくようにいざなわれた。開いた脚の間から、カイルの精がぽとぽとと落ちていく。だが大丈夫だ。これからは毎日でもカイルは自分のなかに注いでくれるから。思ったら、顔が熱くなった。

「番の儀式をやり直そう」

ミシェルの首からチョーカーが外され、床に落ちる。

「噛むぞ」

「はい」

一度刻んだその傷に、再びカイルが歯を当てる。噛み終わっても彼はそこにキスの雨を降らせ続けた。

「カイルさま、噛まれたまま、ひとつになりたい……」

やがて、カイルが後ろから再び突き上げてきた。月の光を浴びながら一糸纏わぬ姿で揺らめき合い睦み合う今が、とても神聖に思えた。

「ああ……ルーナスさまに見られている……」

「かまうものか。おまえへの愛は神に恥じることなどない。ミシェル、これで私たちは本当の番だ」

「はい……」

そして二人は信じられない光景を見た。三日月の先から光が雫となって、金にも銀にも輝きながら砂漠に降り注いだのだ。

「えっ、今のはなに？」

子どもの頃、三日月から零れる幸せの光を掬おうと、一生懸命カゴを持って姉たちと走り回った。その光が本当に降り注いでいるのだ。

「神が我らを祝福してくださったのだ」

「嬉しい……」

「幸せは掬えたか？」

カイルはあの話を覚えていてくれた。ミシェルは「はい、全身で」と微笑む。

二人は唇を重ねる。愛を確かめ合う時間は、カイルが再びミシェルのなかに精を放つまで続いた。

月の光に見守られて。

＊＊＊

三日月から光の雫が落ちた現象は、多くの者が目撃していたようで、国内でも王宮でも噂で持ちきりだった。

天変地異の予兆だという者がいれば、あの美しさがそんな禍々(まがまが)しいものではないという反論、月の神ルーナスが砂漠に光の雨を降らせたのではないか——など、様々に議論されていた。

「本当になんだったのでしょう」

愛し合いながら、神の祝福だと認め合ったものの、ミシェルも不思議でたまらなかった。だがカイルは「予兆ではないか？」とさらりと言っただけだった。

「民や国土のためにも、天変地異などではなく、よい予兆だといいのですが」

真剣に考え込むミシェルに、カイルはそうだな、と軽くいなす。

「だが、本当に美しかった」

「ええ、本当に。カイルさまと一緒に見ることができて幸せです。あのように素晴らしいものは、大切な人と見ると喜びが二倍になりますね」

「そんな可愛いことを言うと、朝から襲ってしまうぞ」

紆余曲折を経て再び結ばれた日から、カイルとミシェルは毎夜、愛を確かめ合っている。

『他の者は好きにすればいいが、私が王の間は後宮などいらぬ』

カイルはそう宣言したらしい。だから、王宮の中に二人の住まいが作られている。これからは、本当にずっと一緒に暮らすのだ。

世継ぎの問題は改めて論じられることになったが、シャリーンを養子にすることは、カイルは譲らなかった。平民だとか貴族だとか関係ない。大切な者だから養子にするのだと言って。

（……あとは、僕が孕めたら問題はなくなるのにな）

ミシェルはそう思わずにいられない。あの日から一日と空けず抱かれているが、行為の間は孕むということをほとんど考えていない、というか、愛し合うことに溺れて、考える余裕などないのだ。だが、今回孕めなければ、自分は『孕まずのオメガ』なのだろうとミシェルは腹を括っていた。

カイルさまに御子を抱かせてさし上げたかったけれど……それは心残りだが、子が授からなくても愛は変わらないとカイルは言ってくれる。だから自分はカイルの后として堂々としていていいのだとミシェルは考えられるようになっていた。

「ミチェル、おててあついよ」

シャリーンがそう言ったのは、三日月から光の雫が降ったあの夜から、ひと月が経とうとする頃だった。ずっと健康を保っていたのに、ミシェルはまた体調を崩してしまったのだ。

(カイルさま、ごめんなさい)

二日間ほど寝込み、熱で朦朧としながら、ミシェルは思っていた。またご自分を責められるのではないか……。そのことが心配だったのだ。熱病が疑われ、一時は騒然とした。カイルもハリスも心配を隠せなかったが、三日目、すうっと熱が下がり始めた。熱病ではなかったのだ。四日目、目を覚ましたらカイルが側にいてくれた。寝台の傍らで、愛しさあふれる目で微笑んでいる。

「よかった……僕は熱病ではなかったのですね」

ほっとしたら涙が込み上げてきた。その涙を、カイルが指で拭ってくれる。

「ああ、それどころか、月の神ルーナスは私たちに命を授けてくださったのだ」

「えっ？」

——ミシェルはカイルの子を孕んでいた。そのために一時的に体調を崩していたのだ。

「聖なる男オメガ、私のミシェル」

カイルは感極まってミシェルにくちづけた。

本当に？　まさか？　本当なの？

ミシェルは何度もカイルに確かめずにいられなかった。

僕が、カイルさまの御子を？

では、あの月の雫は――。

エピローグ

「ルナスル、こっちにおはながさいてるよ、ほら！」

シャリーンがよちよち歩きのルナスルを呼ぶ。

「あーいっ！」

ルナスルは手を上げて可愛く返事をし、ミシェルと一緒に、シャリーンの声がする方に向かう。その様子を、カイルが中庭の石のベンチに座って見守っている。

ミシェルとカイルの間に生まれた男の子は、月の神にちなんでルナスルと名づけられた。

黒い髪を父から、青い目を母から譲り受けた、サラディーンの世継ぎ王子だ。正式に二人の養子になったシャリーンはサラディーン語もほぼ話せるようになり、生まれた時からルナスルに夢中で、立派なお兄ちゃんぶりを発揮している。ザハムは許されて任務に復帰し、ハリスと共に王家を守る重臣として務めている。最近は、二人で酒を酌み交わしたりもしているらしい。

時は穏やかに、幸せに流れていた。

「まーま」

一歳になり、ルナスルは片言を話し始めた。最初に言ったのが「まーま」だったので、カイルは柄にもなく拗ねていた。大国サラディーンの王が拗ねるところなど、知っているのはミシェルだけだ。

「おはなだね」

息子が指差したものに答えると、「あーな？」と可愛い答えが返ってきた。ミシェルが作った、砂漠のバラ、アデニウムの花壇は赤い花々が見頃だ。

「ぱーぱ」

ルナスルはカイルを呼んだ。きっと一緒に見たいのだ。カイルはルナスルを膝に抱き、ミシェルがこの国で育てた花を見つめる。

「私は、本当に幸せだ」

「僕もです」

幾度も夢見た風景が、今、目の前にある。ミシェルはふと、拉致された時にシャリーンが見た夢の話を思い出した。

――シャリンは、ミチェルとカイルしゃまのことも、なってたの。

――でも、おうしゃまなるのは、シャリンじゃなかったよ。

「まさに奇跡だな。シャリーンがそのような夢を見たなどと」

カイルはしみじみと呟く。ミシェルがその場に屈むと、息子の頭越し、唇に優しいキスが降ってきた。

「本当に、この世は奇跡に満ちているのですね」

思えば、カイルの花嫁選びにミシェルが同席しなければ、二人は出会うこともなかったのだ。

そして、砂漠に月の光が雫となって降り注いだあの光景は「サラディーン砂漠の奇跡」として、後世に語り継がれていくのだった。

あとがき

こんにちは。または初めまして。シャレード文庫さまでは三冊目の本を出させていただきました。墨谷佐和です。三度目ましての方もおられるでしょうか。

そして今回もオメガバースです。三冊連続！　嬉しいことでございます。さらに今回も王族もの、しかもこれまでのように西洋系ではなくアラブです。アラブオメガバースという仮題で担当さまと共有しておりました。あまりにこの仮題が馴染んでいたので、本タイトルを考える時も「もう、アラブオメガバースでいいのでは」と思っていたのですが（だめです）本作は政略結婚がベースであり、担当さまがこの刺さるワードを抽出してくださいまして、このような素敵なタイトルになりました。砂漠で、アルファの王で、純潔花嫁で、政略結婚です。では純潔花嫁とは？　それがこの作品のメインテーマ「両片思い」です。とても盛大な両片思いを書かせていただきました。

カイルは自信にあふれた雄々しいアルファ王。でも書いているうちに、「もう、さっさと済ませろよっ！　もといミシェルの心に気づいてあげて！」とカツを入れたり、美しい男オメガのミシェルには「もうひと押し！」と応援したり、二人のじれじれに、私の心の中は大変なことになっていました。それは、キャラが生きて動いていたからだと思います。特に、ミシェルは序盤は受け身ですが（受だけに）ラストに向かい、自分の殻を破っていきます。その成長もお楽しみいただけたなら嬉しいです。

そして今作には私的縛りがありまして、「悪役を出さない」ということでした。世継ぎをめぐってのあれこれが起こり、カイルの側近、ザハムがミシェルを攫いますが、彼は決して悪役ではなく、国を思い、王を崇める忠誠心にあふれた男です。私欲など微塵もなく、きっとこれからはミシェルの側近、ハリスとよき相棒となってくれることと思います。でもこの二人は決して、ＢでＬな関係にはなりません。そういう未来を考えるのもまた楽しいです。

そうそう、攫うといえば、カイルは旅の途中の花嫁、ミシェルを攫います。やっぱり砂漠の王は花嫁を攫わなくては、と思っていた私は長年の悲願を達成でき、モノ書きとしてとても幸せです。

そしてシャリーン。今作は子育てものではありませんが、彼は本当に他のキャラたちを（そして私を）癒やしてくれました。彼がいなければ皆、心が折れたのではないかと思います……。最後はザハムをも癒やしたのですから（えーっと、どのシーンかわかっていただけるでしょうか）。

そんなキャラたちを麗しく描いてくださった二駒レイム先生、本当にありがとうございました。カバーのカイルの視線のヤバいことといったら。ミシェルの美しくも妖艶なことといったら！　でも女性っぽくなく、という私の願いを叶えてくださいました。そして皆さま、口絵は歓喜の声を上げてくださったことと思います（よき乳○第二弾）。

担当さま、今回もたくさん学ばせていただきました。ゲラのつっこみ付箋が大好きでございます。ありがとうございました！

読者さま、数あるタイトルの中から本書を手にしてくださってありがとうございます。ぜひまた次の本でお会いできますように。皆さまとつながった目に見えない糸が私の幸せです。それでは、このあとにSSをご用意しておりますので、どうぞそちらもお楽しみくださいませ。

二〇二四年　二月　　　暖かな冬の夜、被災地に思いを馳せて　　　墨谷　佐和

サラディーン砂漠の奇跡〜ジャンメール宮の小さな画家

ミシェルとカイルのあいだに生まれた王子のルナスルは、お絵描きが大好きだ。

ミツロウに色の粉を混ぜて円柱形に形づくった画材は、サラディーンの職人が作ったもの、紙はハーランドから届いたものだ。

ルナスルは赤ちゃんの頃からぐるぐると線を描いていたが、やがて七歳年上のシャリーンの真似をするようになり、三歳の今は、その年頃よりも達者な絵を描くようになった。そこにはルナスル本人がにこにこと語る物語があり、まるで絵本の挿絵のようだ。その線はのびのびとして、とても可愛らしい。たとえば、

「おとうちゃまとおかあちゃま、しゅきしゅきしてるの！」

カイルとミシェルを並べて描いて、互いの手が触れ合っている。時にはカイルの腕が長く伸びて、ぐるんとミシェルを抱いていることもあり、ミシェルの頬はしっかりと赤く塗られている。カイルはルナスルの前でもミシェルに触れることを隠さないので、二人を描いたものはこういう感じになることがほとんどだ。紙の下部には色とりどりの花が咲き、上の方には太陽が描かれているのは言うまでもない。

「おまえの育てた『砂漠のバラ』も、太陽神アイウスも描かれている。なんと素晴らしい

絵だ！　私たちの愛も紙からあふれそうではないか。ルナスルはきっと天才だ！」

親バカ全開のカイルに対し、ミシェルは少し困り顔だ。

「はい。とても素敵な絵ですけれども、でも、このままいけば、その、カイルさまと僕がキス……しているところを描くようになるのでは……」

「こんなふうにか」

カイルがミシェルの唇にキスをしたので、ルナスルは「きゃーっ！」と喜びの声を上げた。二人が『しゅきしゅき』しているところが大好きなのだ。そして「ルナもっ！」と、二人に乱入してくる。そんな仲睦まじい王一家の様子を見て、ハリスは満面の笑みでうなずき、ザハムは目に滲んでくるものを気づかれまいと堪えるのだった。その側でシャリーンは「相変わらずだなあ」と笑っている。


「だが――」

カイルは顎をさすりながら不思議そうな表情で言う。

「ルナスルは太陽はよく描くが、なぜ月を描かぬのだろう」

我が子の名は、月の神からいただいた。ミシェルがルナスルを授かった時の思いを込めてつけた名だ。

「月が上がる頃は、もう眠っているからではないでしょうか」

ミシェルは答える。確かに、幼い王子は日没と共に眠る毎日だ。

「ああ、確かに。……ではルナスルが描く月の神、ルーナスの絵はもう少し先までおあずけだな。いや、楽しみにとっておくか」

カイルは少し残念そうに言って、ミシェルを意味深な目で見る。

「……わかっておるのか。ルーナスはおまえのことなのだぞ」

ミシェルは「ええ」と微笑む。

「今宵の『猫の爪』はさぞ見事だろう。月の光に照らされたおまえを隅々まで愛したい」

ミシェルはカイルの胸に頭をこつんとあずける。カイルはその肩を抱き、二人は闇へと消えていった。


『猫の爪』が美しく砂漠を照らした数日後――。

ルナスルは朝からご機嫌でいつものようにお絵描きをしていた。何気なくその絵を見たミシェルは驚いて、一瞬、言葉が出なかった。

「ルナスル、これは……なあに？」

やっと出た声で訊ねると、ルナスルはにこにこと笑った。

「『ねこのちゅめ』からね、ルーナスしゃまがね、しやわせをね、たくさんとどけーって、あめみたいにふらせてるの」

ルナスルは三日月を見たことがないし、『猫の爪』と呼ばれていることも知らないはずなのに――？　どうして？　なぜ？

それは、大きく傾いた三日月から、黄色い光の雫が降り注いでいる絵だった。

（ルナスル……？）

カイルさまにお話しなくては。驚くばかりのミシェルだったが、しばらくしてもっと驚くことになることなど、この時はまだ知る由もなかった。

それから約ひと月後、ミシェルはカイルとの二人目の子を孕んでいることを知るのだった。

本作品は書き下ろしです

墨谷佐和先生、二駒レイム先生へのお便り、
本作品に関するご意見、ご感想などは
〒101-8405
東京都千代田区神田三崎町2-18-11
二見書房　シャレード文庫
「砂漠のアルファ王と純潔花嫁の政略結婚」係まで。

砂漠のアルファ王と純潔花嫁の政略結婚

2024年4月20日　初版発行

【著者】墨谷佐和

【発行所】株式会社二見書房
東京都千代田区神田三崎町2-18-11
電話　03(3515)2311［営業］
　　　03(3515)2313［編集］
振替　00170-4-2639
【印刷】株式会社 堀内印刷所
【製本】株式会社 村上製本所

落丁・乱丁本はお取り替えいたします。
定価は、カバーに表示してあります。

ISBN978-4-576-24017-6

https://charade.futami.co.jp/